集英社オレンジ文庫

週末は隠れ家でケーキを

―女子禁制の洋菓子店―

杉元晶子

本書は書き下ろしです。

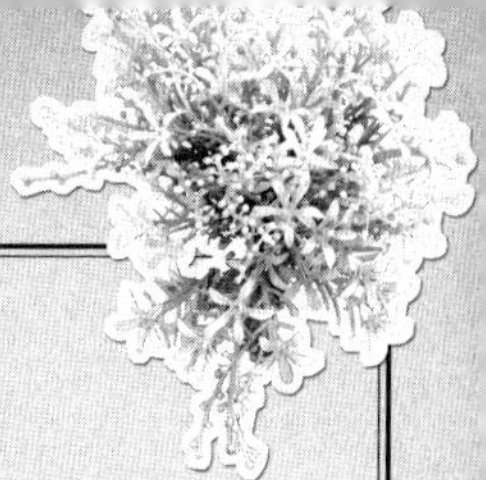

Contents

イラスト／アルコ

週末は隠れ家でケーキを

―女子禁制の洋菓子店―

Bienvenue à la Pâtisserie Intime!

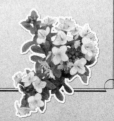

一皿め

苺のショートケーキ

Bienvenue à la Pâtisserie Intime!

1

「いかがですか？」

美容師さんに明るく問われたとき、もし酷《ひど》い仕上がりだったら素直にそう言える人っているんだろうか？

私は無理だった。切られすぎた髪を見ても愛想笑いしかできない。何か言えば、これ以上切られてしまうかもしれなくて怖かった。

「……はい、大丈夫です」

本当は泣きたいくらい嫌だ。

高校二年の始業式を迎え、みんなの髪型やメイクの仕方が変わっていた。春休みの間に研究したらしく、大人に向かう彼女たちと違い、私だけ子どものまま取り残されてしまった気がする。

その危機感からいつもの店じゃなく、ネットで評判の高い美容院を予約した。土日は先約で埋まっていたので金曜日の放課後。大人の女性が使う店に学校のセーラー服のまま行くのは気おくれして、一度家に帰って着替えた。カットしやすいように襟《えり》ぐりが広めのトレーナーと細身のジーンズ。今思えば、この選択も悪かったのかも。

　美容院は道路に面した一階がガラス張りで、レンガ調の壁を彩《いろど》るように観葉植物が飾られている。店内にはボサノバ風音楽が流れ、メイクばっちりで三十代くらいの美人なお姉さんが迎えてくれた。

「予約した牧野《まきの》です。ずっと伸ばしていたので、春っぽくちょっと軽い感じにしたいんですが……」

　たどたどしくイメージを伝えると、ヘアカタログからフェミニンなショートヘアを勧めてもらえた。ショートといっても両サイドの長さは顎先《あご》くらいまである。『大人カジュアルで小顔効果あり』という謳《うた》い文句にときめいてお願いした。

　でも結果は、耳にかからない短さに切りそろえられた。濡れた状態でも短すぎると思ったけれど、ブローしてワックスをつけたら、これじゃあ弟と同じ髪型だ。双子の弟とイメージを変えるために、ずっとロングできたのに。

　がっくりきていると、美容師さんは満足げに微笑《ほほえ》んだ。

「ちょっと切りすぎたかと思ったけど、これぐらいのほうが似合ってるよ」

　自覚してたんじゃん！　心の叫びをぐっとのみこみ、支払いをした。メンバーズカードをもらったけれど、もう来ないと思う。バス停に向かって歩きながら、どんどんやりきれない思いがこみあがる。

土日でなんとか伸びないかなあ。せめて五センチくらい。

もし今、なんでも願いを叶《かな》えてくれる女神様が現れたとしたら間違いなく、美容院を予約する前に戻してとお願いする。

住宅街の景色は、夕闇《ゆうやみ》色に染まっていく。寒くて特に首の辺りがすーすーした。こんなはずじゃなかったのに。うつむき気味に歩いていると、ふとあるものに目が止まった。

緑色のクロックスが片方だけ、歩道に落ちている。サイズは大きめでたぶん男物。なぜ片方？　軍手《ぐんて》や手袋が片方だけ落ちているのはたまに見つけるけど、靴を落としたら絶対すぐに気づく。

シンデレラのクロックスとタイトルつけて友達に写真を送ろうかな、とぼんやりと考えているとすぐ近くでドアが開く音がした。薄茶色のしっくい壁に洋風瓦《がわら》で、暖色系の明るい色使いをした中世ヨーロッパの雰囲気がある家から人が出てくる。

身長が百八十センチはありそうで肩幅も広い。ジャージがだらしない着こなしにならず、アスリートみたいにスタイルがいい。短髪と切れ長の一重が鋭い印象で近寄りがたいけれど、自然と目が追うぐらい整っていた。二十代半ばかもう少し上ぐらいかな。女性が好きそうな家とのミスマッチにちょっと驚いた。腫《は》れた左足首にぐるぐるとテーピングを巻いていて、右足にだけ緑色のクロックス。

彼は通り過ぎざまに置き去りだった歩道のクロックスを履き、路上に停《と》めていたワゴン車のドアを開ける。両手で段ボール箱を持ち上げた姿を見て、取り残されたクロックスの謎がとけた。脱げても荷物運びを優先したのだ。

さっきまでシンデレラを思い浮かべていたのに、彼は正反対。王子様というより、騎士？　しかもとびきり強くて、美しい。ぼうっと見ていると、開いていた玄関のドアがじょじょに閉まっていく。それに彼も気づいたのか、「あ」と低い声で呟《つぶや》いた。が、急ぐことなく、ただ諦《あきら》めたように肩を少しだけ落とした。

普段の私なら、気になりつつもスルーする。でも今日は違った。髪を切られすぎたせいで、ふびんな彼に仲間意識が芽生えたのだ。彼を追い越し、ドアを摑《つか》む。

「ど、どうぞ！」

おせっかいだろうか？　ドキドキしつつ言うと、彼は驚いたように私を見た。でもすぐに目を細め、柔らかく微笑んだ。

「ありがとう」

まっすぐ私の目を見て言う。大人の男性にこんな風にお礼を言われる機会なんてないから、照れるよりも恐縮してしまう。

「いえ、それほどのことでも」

私が口の中でもごもご言っていると、彼は律儀におじぎしてから家に入る。

何気なく中を見て驚いた。民家だと思っていたのに洋菓子店の冷蔵ショーケースが部屋の中央にある。その奥は厨房《ちゅうぼう》だ。白い壁に木目調の床、色を合わせたイートイン用のテーブルと椅子《いす》。清潔感のある店内は、それだけで味を期待させてくれる。

「新しく洋菓子店をやるんですか？」

「一年前から営業しているんだ。週末の土日だけ」

「え！　知らなかったです」

「会員制だから」

上がったテンションがひゅんと下がる。女子高生のお小遣いでは入れないような値段の店なのか。週末限定の会員制でなりたつなんて、とてつもなくおいしいはずだ。せめてどんなケーキがあるかだけ、知りたかった。からっぽのショーケースを寂しく見つめた。

厨房に引っこんだ彼が出てきたので、気落ちして丸くなった背中を伸ばす。

「他に手伝うことありますか？」

「そう言ってくれると嬉《うれ》しいけど、でも迷惑じゃあ？」

「いえ！　スイーツが好きなので役立てるなら嬉しいです」

迷惑じゃないと態度で示したくてはきはき言った。はじめは躊躇《ちゅうちょ》していた彼だけれど、やはり苦労していたらしい。

「じゃあ、あと二往復するから、その間にドアを押さえてもらっていい？　ドアストッパーの調子が悪くて」

「運ぶほうをやりますよ！」

「結構重いから」

そりゃあ男性よりは力がない。でも怪我人《けがにん》よりは動けるはず。そう思って一緒に車に向かって、段ボール箱を持ち上げようとしたけれど重すぎて無理だった。大人しく、ドアを押さえる係をする。

私がしたのはそれだけなのに、彼は「よかったら」とクッキーとショップカードをくれようとした。慌てて手を左右に振る。

「全然、たいしたことしてないんで」

「そんなことないよ。助かった。ありがとう」

結局、押し切られるように受け取ってしまった。

「この店の店長でパティシエの小林《こばやし》といいます。もし気に入ったら、お客さんとして来て」

「だって、会員制なんじゃ？」

「恩人はもちろん歓迎する」

誘い笑いをするように彼が微笑む。お世辞でも嬉しい。クッキーのお礼を言ってから店を出た。ドアが閉まりきる前に彼が言った。

「本当にありがとう、牧野君」

もしこれがミステリー小説だったらドアを再び開けて、「どうして私の名前を！」と私が問いかけるはずだ。そして探偵よろしく、彼が答えるのだろう。

けれど、名乗っていない名前を呼ばれたことになんの疑問も浮かばなかった。ただ納得したのだ。

またか、と。

私の弟は地元に限った有名人だ。うちの町は中途半端な田舎で、自然が豊富というわけでもないし特産物もない。町おこしの一環《いっかん》に何があるかと考えたところ、十数年前に大河ドラマの題字を書いた書道家が町の出身だったらしい。それからというもの町ぐるみで書道を推奨し、私と弟も幼稚園のときに引っ越してきてすぐに書道教室に入った。

飽きっぽい私に比べ、弟はおやつ目的で教室に通い続けた。どうやらセンスもあったらしい。そうでなくても人懐っこくて年上受けがいいから、老人ホームの慰問や路上パフォーマンスで度胸を身につけた。書道に力を入れている高校に進学し、全国の高校生が出展する書の競技会で大賞をとったときなんて、近所のおじいちゃんおばあちゃんから凱旋《がいせん》パレード案が持ちあがったくらいだ。

町の人から愛情たっぷりに育った弟は、市民新聞の常連だった。書道の成績はもちろん、ボランティア活動、はては読者の投稿ハガキコーナーに『今日の牧野君』エピソードが投書される。

そんな弟は、本当に私と顔がよく似ている。色白だし、私よりほっそりしているし、似ていると言った手前言いづらいけれど美少年と呼ばれている。同年代の女子人気もそこそこいい。

男の女顔は美少年でも、女の男顔は美少女になりえない。この歳《とし》になって弟に間違えられるとさすがに落ちこむ。

今日からまた、見知らぬおじいちゃんとおばあちゃんから呼び止められる日々が始まるのか。

溜息《ためいき》をつきながらバス停に向かう。ベンチに座り、バスを待ちながらスマートフォンでアプリをチェックする。新しい美容院に行くと伝えていた親友の志保《しほ》からメッセージが来ていたけど、返事を打つ気力もない。

落ちこんでいてもお腹《なか》はすく。そんな可愛《かわい》くない自分がまたつらかった。もらったクッキーの封を開けると、バターの香りが鼻に届く。それだけで少し慰められてしまうので、私って単純だ。薄いピンク色の花びらが絞り出しで表現されている。さくっと歯ごたえがあるのに、次の瞬間にはほろりとほどけた。桜の香りと塩味があとになって立ちあがってくる。

クッキーを食べるとどうしても口の中がぱさついたり甘ったるさが残ったりするのに、後味がすごく軽い。食べる前よりもむしろ爽《さわ》やか。もう一個、今度はゆっくりと味わってみる。

これを、あの人が作ったんだろうか？　改めてショップカードを見た。横文字としか認識していなかったそれを、今度はちゃんと読んでみる。

『un homme（アン　ノム）』。営業時間は十一時から十八時まで。

明日行ってみようかな。ショーケースに並んだケーキたちを見てみたい。

おいしいものって偉大だ。胸によどんだ嫌な気持ちが吹き飛んでしまった。

2

私の通う高校は進学校ではないので土曜授業がない。それでもセーラー服に着替えたのは、昨日の美容院とは逆の理由で女子高生だとアピールするため。私服でスカートを履いてしまうと、弟がそういうファッションが好みかと勘違いされてしまいそうだし。

念のため、男子高校生はつけないだろう花のヘアピンで前髪を留める。

開店すぐはきっと忙しいだろうから、十四時を目安に店についた。看板は出ていない。この辺は新興住宅が多く、周りも洋風の家ばかり。洋菓子店だとわかっていても、「もしかして住所を間違えたんじゃ？」と思ってしまう外観だ。

ドキドキしながらドアを開けた。ふわりと温かく甘い、洋菓子店特有の香りに包まれる。しあわせな瞬間だ。

「いらっしゃいま……」

小林さんが今日は白いコックコート姿でショーケースの向こうにいた。笑顔を浮かべたままで固まっている。彼の頭の中はきっとこうだ。

ドアが開いた↓客だ。

私の顔を見て↓昨日の人だ。

しかし全体像が目に入り↓？？？

そんな一連の流れが目に見えてわかる。そうなんです、女ですと彼の考えを肯定《こうてい》するようにに小さくうなずきつつ、ドアを閉めた。わかってくれればそれでいい。弟じゃないとあえて話題に出す必要もないだろう。

「昨日のクッキーとてもおいし……」

「女かよ」

被せ気味に彼が言った。その声には『間違えてごめんね』ではなく、『騙《だま》された』という響きが滲《にじ》んでいる。

え、私のせい？　ちょっとむっとして、続くはずの言葉をのんだ。彼はがっくりとうなだれて溜息をつき、私に向かって右手を差し出した。

「店のカードを返してくれ」

「な！　なんでですか！」

そこまで拒否されるとさすがに傷つく。私を弟と勘違いしたからくれたのかもしれないけれど、実際に手助けしたのは私なのに。

「悪いな。けど、うちは会員制って言っただろ？　その第一条件が、男であることなんだ」

「……男ですか？」

とまどいつつ、聞き返した。だって、洋菓子店に限らずスイーツの主要客は女性なのに。

「男にスイーツはハードル高いんだ。女性客ばかりの中に入っていくのは気がひける。スイーツ難民の男たちを救うために俺はこの店を始めた。店名は『男』って意味のフランス語。男ひとりで気軽に入れる隠れ家のような店にしたくて名づけた。だから、返してくれ」

昨日は柔らかく笑って私を恩人だと言ってくれた彼が、淡々《たんたん》と続ける。お前は仲間じゃないと線引きされたみたいだ。

店のコンセプトはわかった。私だって、スイーツバイキングに男ひとりで来ている人を見つけたら、ちょっと違和感を持ってしまう。男性が甘いものを好きでもなんらおかしくないはずなのに、スイーツは女性のものと先入観を持ってしまっているってことだ。

しかし、彼の言うことが正しいとしてもこの態度はどうなんだ。そりゃあ多少はまぎらわしかったかもしれないけど、十六歳の男女の区別がつかなかったのは自分じゃないか。

ふつふつと怒りが湧きあがってきた。

「勝手に勘違いしたのに、そんな言い方ないと思います」

「悪いと言った」

と、心をこめずに言う。

「ちゃんと説明してもらったら、他の子に話したりしませんよ。なのに、ショップカードを返せだなんて私の口が軽そうだって思ったんですか?」

「思ってる」

言い切られ、カッと頭に血が上る。

「あなたが私の何を知っているっていうんですか！」

「……女子高生ってそういうもんだろ？」

「女子高生は全員口が軽いと？」

「違うのか？」

呆《あき》れてしまった。定年前の教育指導の先生ぐらい話が通じない。話すのを諦め、ショップカードが折れないように入れていた財布を取り出す。

ただ彼に「おいしかったです」って伝えたかっただけなのに。「落ちこんでいたけど、ちょっと救われました」って言いたかった。あのときのしあわせな気持ちまで放り出されてしまったみたいで、悲しい。

レシートがぎっちりつまった財布から目当てのショップカードを探すのに手間取っていると、背後のドアが開いた。

「おっと、ごめんよ」

六十歳くらいのお腹がぽっこりと出たおじさんが、ドアの近くにいた私に驚いた。会釈《えしゃく》してよけると、おじさんはニカッと気さくに笑う。それから小林さんを見て言った。

「この店、女の子もよくなったの？　娘を連れてきていい？」

「いえ、そういうわけでは」

「あ、じゃあバイトの子？　ここも華やかになるねえ」

「違います。……道を尋ねに入られただけなので」

小林さんは笑みを浮かべつつも、無言の威圧感で私を牽制《けんせい》する。うなずくべきか迷っていると、おじさんの興味はすでにケーキに移っている。つられて私もケーキを見た。品数は少ないもののその華やかな出来栄えに、小林さんの不遜《ふそん》な態度が頭から飛んだ。本格的な見た目にもかかわらず、男性向きにわかりやすいネーミングだ。

『季節の果物をのせたタルト』、『スフレチーズケーキ』、そして『苺《いちご》のショートケーキ』。どれも食べてしまうのがもったいなく、このまま飾っておきたい。うっとりと眺めているとおじさんが言った。

「こばちゃん、いつもの」

「すみません、高橋《たかはし》さん。シュークリームはご用意できますがイートインの提供ができないんです」

「そうなの？　なんで」

「足を怪我しまして、まあたいしたことないんですけど仕込みに影響して生菓子しかご用意できなかったのと、テーブルまで運ぶのも難しくて。あ、心配しないでください。階段踏み外したってだけの、間抜けさなんですよ」

ははっとふたりが笑ったので私も思わず小さく笑うと、小林さんに睨《にら》まれた。目をそらしつつ、笑っていい雰囲気だったじゃん、と心の中だけでツッコむ。

「じゃあ、持ち帰りで俺用のシュークリームと普通のチーズケーキを二個」

「はい、ありがとうございます。持ち帰りのお時間は？」

「んー、二時間ぐらいか。氷、多めに頼むわ。寄りたい場所あるし」

「かしこまりました」

小林さんが箱詰めしている間におじさんは私を振りかえった。

「俺、わざわざ車で一時間半かけて通ってんだ」

「そうなんですか？」

ちょっと意外だ。この気さくなおじさんなら、女性で混みあう洋菓子店でも気おくれせず買いに行けそうなのに。おじさんはレジ前に置かれた小さなカードスタンドを取り、私に差し出す。

「『お客様の嗜好《しこう》・健康に合わせ、ご希望通りに作ります』ってやつ。俺らの年齢ともなると、体にガタがくるもんなんだよ。おじさんも糖尿《とうにょう》になっちゃって。甘いのも辛いのも酒も好きだから、えれー困ってさ。そんなときに糖質を抑えたシュークリームがあるって、知り合いが教えてくれたのがここ」

だからさっきの注文は『俺用』と『普通』なのかと納得した。

「うまいから試してみて。わがまま聞いてくれるしな」

「はい」

思わずそう答えたものの、売ってくれない気がする。

おじさんは会計の際に焼き菓子の棚に手を伸ばした。桜クッキーだ。それおいしいやつですよ！　と声をかけたくなったけど、もう知っているかもしれないから言わなかった。

「これも頼むわ。あ、別の袋にして」

商品を受け取ったおじさんは、桜クッキーの入った紙袋を私に差し出してきた。

「やるよ」

え。おじさん越しに小林さんを見て慌てる。知らない人にものをもらうことよりも、そっちのほうがためらわれる。

「高橋さん……」

困ったように小林さんが言うと、

「いつまでも女嫌いなんて言ってないで、ほら一期一会《いちごいちえ》。道を聞くにもここを選んだってことは縁があるってことだよ」

なあ？　と同意を求めるように私に笑いかけた。

人のいいおじさんを見ていると、小林さんが私に警戒した気持ちがわかる気がした。こんないい人が集まる場所を作ったから、それが壊れてしまうのが怖くなったんだろう。女子高生に対する偏見も、少しは許してあげたい。だって、落ちていたクロックスをネタにしようかとすぐに思ったぐらいだもの。

「ありがとうございます……」

恐縮しつつ紙袋を受け取ると、おじさんは小林さんに向かって言った。

「若いからすぐ治るんだろうけど、用心しなよ」

「はい、ありがとうございます」

謙虚《けんきょ》に清々《すがすが》しく笑った小林さんは、おじさんが出ていった途端すっと真顔になる。威圧的なオーラを漂わせてこっちを見た。怖っ！　この人って二重人格っぽい。

また何か言われると身構えた瞬間、彼がショーケースの上に手をついて、深々と頭を下げた。

「周りの目を気にしてケーキを好きだと言えない男たちのために、俺はケーキを作り続けたいんだ。だから頼む、カードを返してくれ」

切々とした訴えだった。真剣度が伝わってくる。

やっと見つけたショップカードを取り出し、彼のほうへと差し出した。でも彼が手を伸ばした瞬間、さっと引いた。がんと睨みつけられる。

「ひとつだけ……、聞きたいことがあるんです」

私はちらりと、さきほどおじさんが見せてくれた『お客様の嗜好・健康に合わせ、ご希望通りに作ります』のカードスタンドを見る。

「なんだ？」

小林さんはこっちに腕を伸ばしたまま不機嫌そうに聞いてくる。

自分で言いだしたことなのに勇気が必要だった。これからする質問は、私が十年間探し続けて答えが見つけられなかったものだから。ぎゅっと下唇を嚙《か》みしめ、彼を見た。

おいしいケーキを作る腕があって、歯に衣着せぬもの言いの彼ならば、良くも悪くも私の悩みに決着をつけてくれるかもしれない。

「白い苺のケーキって作れますか？」

聞くと、彼は虚《きよ》をつかれたように少し黙る。

「苺が白？　それとも生クリームでスポンジ生地が覆われたデコレーションケーキという意味で？」

「いえ、切り口も白いんです。スポンジ生地も苺も白です」

「写真は？　記念写真とか自撮りとか好きだろう？」

「十年前まで誕生日に母が作ってくれたケーキです。アルバムにはあるでしょうけど今は持ってません。全部が白いケーキって、外国だと何か意味がありませんか？」

たとえば祝福とか。彼は考えこむように眉を寄せる。

「いや、女で白いケーキは俺が知る限りはない」

「そうですか……」

「……母親の思い出の味か？」

彼の瞳の鋭さが和らいだ。気を遣うような言い方にはっと気づいてかぶりを振る。

「思い出の味ではあるんですが、母は生きてます。ただ、作らなくなっただけで」

「その理由を本人に聞かないのか？」

「……作らなくなったあの日のことは、両親がなかったことにしてます。弟が覚えているかもわかりません。けど、私は今もずっと探しているんです」

誕生日のケーキはいつも二種類用意されていた。

赤い苺と黄色いスポンジ生地と白い生クリームという一般的なデコレーションケーキが弟用。スポンジ生地も苺ももちろん生クリームも白いケーキが私用。

弟のケーキを食べるのは弟と父で、私のケーキを食べるのは私と母。他の子の家庭はそうじゃないと知っても、自分たちは双子だからこうなんだと思っていた。

六歳の誕生日に、父方の祖母が初めてうちにやって来た。近所に住む母方の優しい祖父母と違い、年に二度しか会わない彼女の訪問は予定外だった。祖母に言いつけられて母は買い出しに出かけ、それに弟がついていった。好きなアニメを見ていて家に残った私はついていけばよかったとすぐ後悔した。

「来年はもう小学生なのにアニメなんて。……赤ちゃんのまんま。恥ずかしいと思わないの？」

何かと弟びいきな人で苦手だったけれど、家中のドアというドアを開け始めたから何か悪いものにとりつかれたんじゃないかと怖かった。アニメがちょうど、悪魔が人をそそのかして悪さをさせる回だったし。

冷蔵庫にある弟の分のケーキを見つけ、包丁を入れようとしたのでさすがに止めた。ケーキはみんなそろってお祝いしてから食べるものだ。何度も「やめて！」と言ったけれど祖母は構わず切ってしまい、皿に盛った。

「はい、お食べ」

「……私のケーキは、白い苺のほうだよ？」

「あんな見た目の悪いもの、食べないでよろしい」

ぴしゃりと言い捨てられ、泣きそうになった。確かにスポンジ生地はぱさぱさで苦くて、いつも牛乳で飲みこんでいた。でも母が作ってくれた私のためのケーキだし、食べている間だけは母を独占できる気がして大好きだった。

祖母はぱくぱくとケーキを食べてしまう。そのおいしそうな顔は父に似ていた。どんな味か気になって、つい食べてしまった。びっくりした。すごくおいしかったのだ。フォークが簡単に沈むふわふわしたスポンジ生地も、甘酸っぱい苺も。しあわせな甘さが体中に広がっていった。

弟と父だけこれを食べていたのか……。茫然《ぼうぜん》としていると、母が帰ってきた。

「ほら、食べるじゃない。好き嫌いさせるなんてよくないわ」

祖母が言うと、母は食べかけのケーキを見てぎょっとした。強い力で私の腕を引っぱり、車に乗せられた。その間、一言も口を利かない母が怖かった。

私は検査にまわされ、やがて来た父が母と廊下で言い合いになっていた。

「大事《おおごと》にするなんて、おふくろへのあてつけか？」

父が怒鳴ると、母が声を殺して泣いた。せっかくの誕生日会だったのに、私が弟のケーキを食べたせいだと思って悲しかった。

小学校に入り、翌年からうちでの誕生日ケーキは買ってきたものをひとつだけ。弟が食べていたのと同じ赤い苺のデコレーションケーキ。

母が私の分を切りわけてくれたけど、どうしていいかわからなかった。だってこれは私のケーキじゃない。困って母を見たら、母は買ってきたケーキを食べた。

「ああ、おいしい」

ほっとしたように呟いたから、ショックだった。

母も、私のケーキはおいしくなかったんだ。じゃあどうして、ずっと作り続けていたんだろう？　どうして今年は作らないんだろう？

そのとき聞けばよかった。今になっても悩み続けることになるから。でももし時間を巻き戻すことができたとしても、やっぱり聞けないと思う。

だっておいしくないものを私だけに食べさせ続けたなんて意地悪でしかない。母の愛情が弟にしか向いていないとはっきりと口にされるのが怖い。

祖母の家にはそれきり父しか行かなくなったし、話題にさえしてはいけない空気になってしまった。

何度かつっかえながら、なんとか最後まで言った。小林さんは静かに聞いてくれた。

「ケーキは好きです。食べるとすごくしあわせになるけど、でもいつも心のどこかで、あのときのことってなんだったんだろう？　とひっかかってしまうんです。何か意味があるならってずっと期待して探していました。でもないんです。生地まで白いデコレーションケーキなんて。そもそも熟していない白い苺なんて使いませんしね」

「……ちなみに誕生日は何月？」

「五月です」

「ふうん、苦労されただろうな」

何がです？　と聞こうとしたけれど、彼が考えこむように顎に手を置く。それから思いたったように「うん」と呟いた。続く言葉を期待して待ったのに、何も言わない。また私に手を差し出した。

「聞いたから、カード返してくれるか？」

がっかりした。このタイミングでそれ？

「何かわかったんですよね？　教えてください！」

「……教えたら、作ってくれって言うだろ？」

「作れるんですか？」

びっくりして聞き返すと、彼は軽く舌打ちをした。

「……墓穴掘ったか」

「作ってほしいです！　作ってくれませんか？」

「断る」

「どうして？」

私の十年越しの悩みが目の前の彼にかかっている。なのに、相手は乗り気じゃない。

「俺は、全世界の男のためだけに腕を磨いているから」

きりっと表情を引き締めて言うから、余計腹がたつ。

こんな手は使いたくないけれどでも、相手が相手なだけに仕方ない。私はスマートフォンを取り出し、水戸黄門《みとこうもん》の印籠《いんろう》のように掲げた。

「もしお願いを聞いてくれないのなら、この店のことをグルメサイトに書きこみます！」

意気込んで言ったものの、しかし彼は鼻で笑う。

「うちの客はインターネットを使いこなせないシニア世代が多いんだ。元々会員からの紹介システムだし、どうでもいい」

予想通りの返しだ。私は人生で一番のドヤ顔をした。

「悪評じゃなくて、大絶賛コメントだったらどうですか？　閑静《かんせい》な住宅街にある落ちついた雰囲気の店でイートインができて、まるで宝石みたいに素敵なケーキたちと出会えるって書いたら？　小林さんは女子高生の拡散力を恐れていましたけど、実証してみましょう

い。


か？」

「……考えたな」

「さらに！　Sっ気のある肉食系イケメンパティシエがいるなんて書いた日には！」

ここぞとばかりに言った。脅しているとわかっていても、言い返せてちょっと気分がい
い。

小林さんは深い溜息をつき、私を睨みつける。護符のように桜クッキーの入った紙袋とショップカードを彼に見せた。たっぷりと間をとったあと、不承不承というふうに言った。

「わかった……。作ったら、返してくれるんだな？」

「はい、もちろん」

「じゃあ、来週の今日。営業前の九時に来い。時季的に難しいかもしれないが、用意する」

いざ願いが叶うとなると少し申し訳なくなる。自分のことしか考えていなかったけれど、相手はプロのパティシエだし、しかも怪我をしている人だ。

「あの、もし手伝うことがあったら言ってください」

「写真を探し出して、早いうちに送ってこい」

ＬＩＮＥを交換すると彼が怪訝《けげん》そうな顔で聞いた。

「『もも』？　桃が好きなのか？　ついでに入れるか？」

「違います。私の名前です。百《ひやく》って書いて、もも。入れなくていいです」

「弟の牧野君は祥《しよう》だよな？　あわせて百祥か」

私はうなずいて返した。『幸いが一杯に多いこと』という意味の言葉だ。ちなみに祥には『幸い』とか『めでたい』という意味がある。良い名前だと褒められる弟と違って、私の名前はからかわれがちだ。

「百は桃《もも》が好きなんだろ」

と給食で桃が出るたびに男子にからかわれすぎて桃が嫌いになったし、先生には、

「祥君と違って、なかなか百点がとれないわね」

と溜息をつかれたことがある。

「……白いケーキの一番嫌な理由は、名前が百で部首が『白』だからっていうのです」

「何で嫌なんだ？」

「だって安直じゃないですか」

ふてくされて唇を尖《とが》らすと、

「白は結婚式に代表されるように、清廉なイメージがある。悪くない理由だと思う」

からかうわけではなく、彼はまじめなトーンで言う。

今までずっと悪態ばかりついていた人に褒められると、とっさにどう反応していいかわ

からなくなる。これがギャップ効果だろうか。なんだか悔しい。

「もう一回確認するが、スポンジ生地が苦くてぱさついていた？」

「はい」

「作っていたのは当日？　冷蔵庫で冷やしていた？」

「当日の朝だと思います。夕飯を兼ねて、母方の祖父母が集まる予定でした」

「わかった。写真だけ早めに頼む。今日は帰れ」

彼が手でシッシッと追い払うしぐさをした。そんな態度にちょっとほっとするのだから可笑《おか》しい。彼に向かってぺこりとおじぎした。

「……話を聞いてくれて、ありがとうございます」

「まだ解決してないだろう？」

「でも、少し楽になりました」

親友にさえ、話したことがなかった。うまく話せる気がしなかったし、慰めも励ましも欲しくなかったから。でも実はずっと誰かに聞いてもらいたかったんだと気づいた。

話す前より少しだけ胸が軽い。

「……そのクッキーは煎茶《せんちゃ》にも合う。軽い口当たりになるように作っているから」

そんなアドバイスをもらえたことが、彼に客のひとりとして認めてもらえたみたいで嬉しくなる。

「わかりました！　おいしく食べます。あと、写真も送ります」

にっこり笑って店を出た。ドアが閉まり際、昨日みたいに笑顔ではなかったけれど、彼は小さく手を振ってくれた。


家に帰ってすぐにアルバムを引っぱり出した。

赤ん坊の頃はおそろいの服を着せられているので、弟と見わけがつかない。ページをめくっていくと『一歳の誕生日』と書きこまれた写真を見つけた。

「……？」

ケーキが一個きりだった。アラビア数字の『1』を模《かたど》ったケーキで、苺がのっていない。不思議に思いながら撮影して小林さんに送る。しばらくして返事があった。

『一歳だと親しか食べないからだろ』

どういう意味？　と首をかしげていると、その疑問を先読みしたみたいにもう一件。

『一歳なら歯が生えそろってなくて、まだ離乳食を食べているあたりだ』

なるほど！　納得して、またページをめくった。

二歳の誕生日はカップケーキ。

三歳の誕生日はロールケーキでようやく生地の色の違いがわかる。弟が黄色で、私が白。でも苺は両方赤だった。

四歳でようやくデコレーションケーキになったが、これも赤。

五歳のデコレーションケーキでやっと白い苺になった。

記憶の中で、私のケーキといえば全部白だったのに、実際は二回しかそうじゃなかったんだとびっくりする。すべての写真を撮って送るが、接客に忙しいのか返事が来なくなった。寂しく思いながらページをめくると、入学式の写真になる。

あれ、見落とした？　見直したものの、六歳の写真がない理由はすぐ思いいたった。みんなでケーキを食べていない。

小林さんに写真を送るように言われたのに、私はそれすらはたせないんだ。がっかりしたけど、ヒントを探すつもりでもう一度、一歳から五歳までのケーキを見た。

こうして見ていると、母の技術向上の歴史を見ているようだ。実際にはおいしくなかったから、向上ではないかもしれない。でも弟のはおいしかった。

あ、駄目だ。このままでは、落ちこみモードに入ってしまいそう。

桜クッキーに手を伸ばし、煎茶を探しにキッチンへ。普段は麦茶ぐらいしか飲まないから、急須の場所がわからない。気分転換にコンビニに行こうかと振りかえったとき、母と目が合った。悪いことをしているわけじゃないのに、心臓が飛び跳ねる。

「何か探してるの？」

おっとりした口調で聞かれ、「……急須」と答える。

「珍しいわね。淹《い》れようか？」

「……うん」

自分でできると言いたかったけれど、淹れ方がわからない。オススメの組み合わせで食べてこそ、小林さんへの恩返しだと思う。

リビングへ移動し、煎茶を淹れてもらったお礼に桜クッキーを一枚あげた。

「あ、おいしい。これ、どこの店？」

「秘密」

「また買ってきてよ」

言いながら、母がじっと私の顔を見た。昨晩私の髪型を見た弟に「真似すんなよ！」と言われたので、つい身構えてしまう。

「やっぱり、女の子ね。子どもの頃は祥とよく間違えられていたけど、優しい顔立ちになって」

「……そんなこと言うの、お母さんだけだよ」

「他の人が見る目ないのよ」

そんな風に笑い飛ばして煎茶をすする。周りから不出来な姉とよくできた弟だと比較されてきたが、母は昔から優しい。

私も十六歳になったから人には好きや嫌いだけじゃなく、相性があるんだとわかってきた。

母は好きだけど、一緒にいるのがつらい。

もし母が私を嫌いで合わないと思っていたとしても、ケーキを除いて、弟と区別なく育ててくれたことをありがたく思っている。

嫌われていると知っていることを表に出さないのが、私にできる恩返し。でもそれが、たまにすごく息苦しくなる。

――♪

ふいに着信音が鳴り、スマートフォンを見た。肩にこもった力がふっと抜ける。

『確証がもてた。来週は遅れるなよ、百』

百、かあ。小林さんって私のことを名前で呼ぶんだ。

「彼氏からのメール？」

母が覗《のぞ》きこもうとしたので、隠した。

「な、なんで彼氏？」

「すごく嬉しそうだったから。どんなメール？」

笑う母に、どう返していいかわからない。どれだけ否定をしても信用してもらえずに、夕飯の話題にまでされてしまった。

それから一週間は結構つらかった。

同じ小・中学校出身の子に「祥君の女装を見せないで！」と怒られるし、高校に入ってから知り合った子には男装の麗人扱いされる。悪ノリした志保にヘアピンを取り上げられ、ヘアスプレーで男っぽく前髪をいじられた。

すぐに飽きるだろうと思いきや、他の教室からの見物人は日に日に増えていく。人生初のラブレターは女の子からだ。弟の人気を身に染みて実感した。

春どころか青春時代の暗闇に突入した気分で、私の希望は小林さんだけだった。

3

土曜はいつもより早く六時に起きた。動きやすいように明るい青のデニムジャケットにジーンズを合わせ、バス代節約のために歩いた。

弟と間違えて声をかけてくるおじいちゃんおばあちゃんに挨拶《あいさつ》を返しながら、店に向かう。予定よりは早くついて八時四十分。そこら辺で時間を潰《つぶ》そうかと思っていると、中からドアが開いた。

「入れ」

「どうしてわかったんですか?」

「窓から入る光が消えて、人影がそこから動かないから、お前が来たと思った」

招くようにドアを大きく開けて、彼が言う。

私が聞きたかったのは、『どうして来たとわかったんですか?』じゃなくて、『どうして私だとわかったんですか?』だった。今日の格好は弟寄りだ。一目で私だとわかってもらえて嬉しい。でも『約束していたからだ』と答えられると少し寂しいから、聞かなかった。

奥の厨房の照明しかついていない店内には、小さな窓から光がいくつも射しこんでいる。スポットライトのように日のあたる場所に、テーブルと椅子が二脚用意されていた。

彼は前回と変わらず足を引きずりながら厨房に入った。それを見て、ずきりと胸が痛む。たいしたことないと言っていたけど、やっぱり大変だったんだ。手伝うために厨房に入ろうとして、彼に手で制された。

「衛生上の問題があるから」

気遣いが逆の結果になってしまった。しゅんとして椅子に座る。ほどなくして彼がテーブルに皿を置いた。白い苺とスポンジ生地まで白いショートケーキだ。

「これです！」

思わず指さして言うと、彼は自慢げに口角を上げた。

「食べてみろ」

ずっと待ち望んでいたケーキが目の前にある。バクバクと高鳴る鼓動で苦しいぐらい緊張してフォークを握る。ぎゅっと固いスポンジ生地だ。ぐいぐいと力をこめて一口サイズに切って、おそるおそる口に運ぶ。噛めば粉っぽくて、じわりと苦い。

おいしそうな見た目でおいしくない。でもこれが、私が求めていた味だった。懐かしくて、あの日のことがまるで映画を見ているように次々と頭に流れる。

「……これを、食べたかったんです」

ぽつりと呟くと、あふれでる感情と言葉が止められない。

「おいしくないですよね？　でも、これが私のケーキです。母が、私のために作ってくれたケーキです。作ってくれたのに、食べられなくて。……母が私を嫌って作り続けていたかもしれないのに、私はずっと、これが食べたくって。変ですよね」

言いながら、今どんな顔をしているのかわからない。嬉しいのと寂しいのが半分こ。我ながら、支離滅裂で笑ってしまう。

しかし小林さんはそんな私を今日はからかいもせずに言った。

「お前、ケーキ作ったことがあるか?」

「ないです」

「だろうな。これを見ろ」

彼が持ち出したのはレシピ本だった。使い込んでいるらしく、書きこみが多い。彼が「こっち」と材料を指さした。

「生地を黄色くするのはこの中でどれだと思う?」

「薄力粉、砂糖、卵、バター……。卵ですか?」

「そう。特に卵黄だな。白い生地と聞いて、まずそれを思い浮かべた。でも卵白だけ使うケーキはあるし、卵黄まで白い卵も販売されているが、それほどこだわるならもうひとつのケーキもそうするだろう。だから卵を使わないケーキの線で調べた。まずは市立図書館で発行年度が十年以上前のものに絞って本を探して、次にインターネット。こっちも十年以上前の投稿に絞った」

「わざわざ調べてくれたんですか?」

「じゃないと無理だろ」

急に恥ずかしくなった。私が調べたレベルは全然甘かったんだ。

「いくつかレシピを見たが、お前が言った『苦さ』をヒントにした。卵は気泡を含む性質で生地を膨らませる役割をする。卵を使わない分、膨らませようと重曹を多く使っているレシピをブログ記事で見つけた。俺が参考にしたレシピが正解かどうかは自分で母親に聞け。でもこれを参考にしたなら母親は悪くないぞ」

「どうしてですか？」

びっくりして聞くと、彼はプリントアウトした紙をめくりながら、写真を指さす。

「生地を混ぜすぎだ。せっかくできた気泡を潰している」

「そしたらどうなるんですか？」

「食べただろ？　膨らまない。冷蔵することで、さらに生地を固くした。このブロガーは成功しているが、きっと手慣れているからだな。初心者が失敗しないように丁寧にやりすぎたからこそ余計失敗する」

「でも、弟のケーキはおいしく作っ……ぐ！」

まだ信じられない気持ちで言い募る私の口に、彼がショートケーキにのった白い苺を押しこんできた。ぎょっとしたけど、吐き出すわけにもいかず咀嚼《そしやく》する。すっぱそうな見た目と違って、びっくりするほど甘い。

「お前は『苦味』と『ぱさつき』を感じていたが、『甘み』への不満はなかった。苺と生クリームに問題がなかったからだ。普通の苺の糖度は十度くらい、だがこの白い苺は十二度。一般に出回る時期は十二月から四月。手に入れるのはぎりぎりだった。それを五月に手に入れるってどういうことかわかるか?」

わからなくて、かぶりを振った。彼はスマートフォンを取り出し、写真を見せた。私の五歳の誕生日の写真だ。白い苺のケーキと私が笑顔で写っている最初で最後。

「ただ単純に農家さんに頼みこむんだよ。……自分の作った生地がまずいってことはわかってた。だからせめて味のいい苺を探したんだ。お前の母親は人の心を動かすような情熱を持って、このケーキを作ったんだ」

強い口調で彼が言う。なぜわからないんだと苛立《いらだ》っているようだった。煮え切らない私に、彼は続ける。

「卵を使わなかったのは、使えなかったんだ。幼いお前は、卵アレルギーだった」

「え。食べられますけど?」

「だから昔だよ。消化器官の発達とともに症状が緩和するケースがある。そう仮定すると筋が通るんだ」

なぜか途端に彼の口が重くなる。じれったくなり、急《せ》かしてしまった。

「筋って？」

するとと彼は深い溜息をつく。それでもしぶるように「あくまで推測だが」と前置きした。

「……父方の祖母と疎遠になったのは、お前に卵を食べさせた前科があるんじゃないか？　そのときのお前の苦しみが母親のトラウマになった。六歳のお前が卵入りのケーキを食べて異常がなかったからよかったものの、危機感のない父親と言い合いにはなるだろう」

確かにそれですべてが腑《ふ》に落ちる。彼が言いにくそうにした理由も。これはケーキの話じゃなくて、うちの家庭の話だ。

アレルギーに理解のない担任教師が生徒にアレルゲンを食べさせて死亡させたニュースを聞いたことがある。他人事のように思っていたけれど、今になってぞっとする。

母が怒ったのは、私にじゃない。

それどころか、私を守ろうとして必死だったんだ。

そう気づくとフォークを握り直して、ケーキを食べた。やっぱり苦くて、ぱさついている。無理に飲みこむと、その拍子に涙がこぼれた。人前で泣くなんてカッコ悪いな。

でも一度泣くと、どんどんあふれてしまう。鼻をすりながらもう一口食べた。生クリームも苺もおいしい。

泣きながら食べる私に呆れたのか、小林さんがテーブルから離れたと思ったら、引きずるような足音が戻ってくる。コップに注いだ牛乳をふたつ置き、新たに持ってきた白い苺のショートケーキを椅子に座って食べだした。

「……どうして？」

きょとんとして聞くと、彼は苦かったのか顔を歪《ゆが》めた。

「ワンホール作ったからだよ」

「全部私が食べます！」

「しみったれた顔で食われたら、ケーキが浮かばれないだろ」

そんなのそっちこそが、と言いたい。でも黙って食べた。誕生日ケーキはひとりで食べるより、ふたりで食べたほうがおいしいのだ。ふにゃりと笑った私に彼は眉を寄せたまま、言った。

「もう一種類あるから、別腹作っとけよ。予想外に仕入れることになったから、白い苺のケーキを売る」

在庫を思い浮かべたのか、彼がふと遠い目をした。ますます恐縮してしまう。

彼は大口でぺろりとケーキを平らげ、私もちょうど食べ終えると彼がまたケーキを持ってきた。その美しさに驚いた。母の作ったケーキを再現したものは確かに白かったけど、普通のスポンジ生地に比べると白く見えるというだけ。しかし今度のケーキは新雪を固めて作ったように真っ白なのだ。

「どうしてこんなに白いんですか？」

「牛乳由来のタンパク質である乳清《にゅうせい》タンパク質を使っているからだ。身近な例でいえば、ヨーグルトの上澄《うわず》み液も乳清。気泡性があるから卵の代わりになる」

「食べるのがもったいなくなりますね」

「食べてこそケーキだ」

最上級の褒め言葉のつもりで言ったのにつれない。

フォークを当てた瞬間から感触が違う。ほどよい弾力とともにすーっとスポンジ生地に入っていく。

どんな味なんだろう？　ヨーグルト味？　そんな想像はすぐに吹き飛ぶ。

……なんだこれは。

苺の歯ごたえと果実の甘みのアクセント、口どけのよい生クリーム。そして何よりスポンジ生地が、今まで食べたどのショートケーキよりもきめ細やかで柔らかい。口の中ですべてが一体となり、優しい甘さのハーモニーが見た目以上のインパクトを与えた。

まるでおとぎ話に出てくる食べものみたいにきれいなのに、不思議とどこか懐かしい。

「……おいしいです、けど」

その先をどう続けたらいいかわからなかった。

初めて食べる味が懐かしいのはどうしてですか？　そんな質問したら、されたほうが困ってしまう。言いかけて口ごもった私に小林さんが聞いた。

「物足りないか？」

「違います！　……食べたことないのに、知っている味のような気がしたんです。でもそれをうまく言えなくて」

「風味づけのシロップを生地に打ってないせいかもな。苺を活《い》かした味つけのために果汁を加えたクリームも試してみたが、結局生のまま使った。先に出したケーキと構造は近い」

同じ苺を使っていること、シロップを使っていないこと。それが懐かしい味の正体……？　ちゃんと説明づけられたし、それが答えのような気がする。

残りをおいしく食べていると、口元に笑みを浮かべた小林さんが目に入った。それまでの偉そうだったり得意げだったり、他の人に見せる愛想笑いじゃないごく自然な表情。こんな顔もするんだと衝撃を受け、それでやっと気づいた。

懐かしさの正体は、初めて苺のケーキを食べたときに覚えた感動だ。

こんなおいしいものがあったのかと、世界がパアッと輝いて見えた。誕生日が近づき、ケーキを食べられるというだけで毎日楽しかった。

　同じ材料で素人でも作りやすい構造と近いからこそ、小林さんの技術のすごさが際立ってわかる。彼が作った真っ白な苺のケーキを来年の春にも食べられるなら、暗黒時代に突入した学生生活も頑張れそうな気がする。

「このケーキの名前ってなんですか？」

「まだ決めていない。季節限定ってところを主張したほうがいいか。白だから純白……いやいい年してそんなこと言うの恥ずかしい」

　ぶつぶつと言いながら、彼は握ったペンを指揮棒のように動かす。私なら、どう名づけるんだろう。むしろ純白とつけてしまうかも。

「あ、四月のスノーホワイトケーキは？　語呂がいい」

　彼がそう言って私を見た。ドキッとした。私の思い出を基にしたケーキにまさか『白雪姫』なんて可愛い名前をつけてくれるなんて。

「ちょっとクリスマスっぽくないですか？」

　なぜか自分のことのように照れてしまってそんな風に反対すれば、

「そのミスマッチさがいいんだ。会話のきっかけになるだろ？」

　と彼が笑う。

私には意地悪なくせに、ケーキを語るときは瞳がきらきら輝く。本当にケーキが好きなんだなあ。

ふいにバイブの鈍い音がした。ジーンズのポケットからスマートフォンを取り出すと、志保からメッセージが来ていた。でも内容よりも時刻が目につく。九時半だ。刻一刻と営業時間に近づいている。この店のケーキを待っているのは、私だけじゃない。

「あの、おいくら払えばいいでしょうか？」

貯金を下ろしてきたけれど、会員制の店の支払い金額が予想できない。足りなかったら、コンビニに走るぐらいの覚悟はしている。

でも彼は静かにかぶりを振った。

「いらない。口止め料なら安いもんだ」

そう言って私に右手を差し出すから、犬がお手をするように右手を置いた。

「おい」

ドスの利いた低音とともに、ぽいとその手を放り出される。カードを渡してしまうと、もうこのツッコミを受けられなくなるんだ。寂しい。それに何より、ケーキを作ってくれた恩さえ返せないまま別れるなんて嫌だ。前回の手はもう絶対使えないから、考えろ私！

辺りを見回して空の皿に目が止まり、はっと思いついた。

「私をこの店で雇ってくれませんか……？」

小林さんはぽかんとして私を見た。たっぷりと間をとったあと、呆れたように呟く。

「……俺は、もう来てほしくないからショップカードを返せって言ったんだぞ？　どういう思考回路でそうなった？」

「だって、小林さんは足を怪我して不便なんですよね？　イートインを断ったし。今だって、まだ引きずって……。それなのに、私のために奔走《ほんそう》してくれたから」

「お前のためじゃない、店を守るためだ」

「じゃあなおさら！　お客さんのために私を雇ってください」

らしくないことをしてるってわかってる。わがままを言って、困らせるだけかもって。でもこれが小林さんと会える最後かもしれないと思ったら、我慢できない。

「おいしいケーキを出すお店はあるし、優しい店員さんがいるお店だってあるけど、でもここがいいんです。小林さんと、小林さんが作るケーキとお店とお客さん。全部好きです」

頭から湯気が出ているんじゃないか、というくらい顔が熱い。でも冷静な彼は言い含めるようにゆっくり答えた。

「女がいたら、ケーキを夢見る紳士たちがはしゃげなくなる」

わかっていたことだけれど、改めて言われると落ちこむ。肩を落としてうつむくと、デニムジャケットのポケットの膨らみに目が止まる。家からここに来るまでに、弟に間違えられてもらったお菓子が入っている。

私が女だから駄目なら……?

万が一の可能性にかけて、ぱっと顔を上げた。

「じゃあ、男としてなら雇ってくれるんですか!」

小林さんが飲みかけた牛乳でむせた。背中を丸め、目を白黒させながらやっと言ったセリフは一言。

「はあ?」

「だって見てください! 私が女に見えますか?」

「……言ってて虚《むな》しくないか?」

「今日に限っては平気です!」

嘘《うそ》だ。ちょっぴり悲しい。

乙女心が痛む胸を張ると、彼は何か言いたげに口を開いたが、結局溜息をついただけ。

とうとうツッコむ気力もなくなったらしい。

駄目押しに、私はポケットの中のものをテーブルに出した。栗《くり》しぐれ、黄金糖《おうごんとう》×2、純《じゅん》露《つゆ》、寒天ゼリー、松露《しょうろ》。

「家から一時間半歩いたら、もらえたものです。弟と間違えられ、否定しても遠慮するなと無理矢理詰めこまれました。つまり、声でもばれません。小林さんも気づきませんでしたよね？」

「……変声期前なら、ありえそうな声だから」

弁解するが、それが私の追い風になると気づいたのは言ったあとだったらしい。苦虫を嚙み潰したように顔をしかめる。ここしかないと思って、頭を下げた。

「小林さんの足の怪我が治るまでだけでも！　世界中のスイーツ難民の男性のために！」

「男としてバイトしたいなんて親に言えるのか？　未成年は同意が必要だぞ」

「ケーキを持って帰ったら、説得できると思います。思い出のケーキを再現してくれた凄《すご》腕《うで》パティシエの店ですから」

「……く、否定できない」

彼は低い声で唸《うな》り、きつく目を閉じた。きっと頭の中で秤《はかり》が揺れているのだ。

お客さんへのサービスと、女子高生店員の秤。

でも彼なら前者を選ぶと思う。そんな人だからこそ、こんなに惹《ひ》かれている。

やがて彼は、絞り出すような声で言った。

「……わかった、雇う」

「ありがとうございます！」

「言っとくけど、お前が親を説得できなきゃ雇わないからな」

「頑張ります！　今すぐ戻って履歴書を書いてきます！　開店には間に合うように」

急いで立ち上がると、小林さんに腕を掴まれた。大きな手の制止は壊れ物を扱うように優しい。びっくりして息が止まった。

「あせるな。怪我するぞ」

彼は視線を自身の足元へとやる。確かにこれ以上ない教材だった。手が放されたあともドキドキした。私がぼうっとしている間にケーキを包んでくれる。

「今日はいいから、明日から来るつもりでいろ」

「はい。また明日お願いします」

「ああ、また明日」

疲れたように彼は額《ひたい》を押さえながら、ショーケースのスイッチをつけた。照明がつき、冷房のモーターが小さく唸りを上げる。

もしかして、とわくわくとその瞬間を待った。奥に引っこんだ彼が、まだいたのかという顔で私を見てから、白い苺のケーキを並べ始めた。そして最後にカードスタンドを置く。

『四月のスノーホワイトケーキ』

まるで定規でひいたように角張った字だ。口は悪いがまじめな彼らしいといえばらしく、つい微笑んでしまう。写真を撮りたい欲求を我慢して店を出た。

軽い足取りでバス停につき、誰もいないベンチに座る。膝《ひざ》の上の四分の三ホールケーキの重みを感じた。

どうやって母に話そう？　悩んだけどでもすぐかぶりを振った。このケーキを食べれば、全部伝わると思う。小林さんのケーキにはそれだけの力があると信じてる。

顔を上げると、角を曲がってこちらに向かってくるバスが見えた。風に吹かれ、前髪がなびく。髪が頬《ほお》に当たらないさらりとした感覚が気持ちいい。それはちょうど、小林さんに名前で呼ばれたときに感じた気持ちと似ている。

――また明日。

彼の声がふいに頭の中で蘇《よみがえ》り、私は小さくうなずく。私の思い出のケーキを進化させ、美しく彩ってくれた人の店で働くんだ。

温かな気持ちとケーキを大切に抱え、私はバスに乗りこんだ。

二皿め

初夏のソルベ

Bienvenue à la Pâtisserie Intime!

1

何気なく朝のニュースをつけたら今日は夏日らしい。最高気温二十八度。四月ですよ？　びっくりしたし、睡眠時間を削って考えたコーディネートを変更することになった。

今日のファッションテーマは、着脱しやすいけどさりげなく可愛《かわい》いこと。頑張りすぎてないことが一番大切。

昨夜、母の署名捺印《なついん》付きの履歴書の写真を小林《こばやし》さんに送ったら、

『上着は貸す。下はジーンズか、できたら黒のパンツ。動きやすい靴で十時半に来い。ドアの鍵は開けとく』

と返ってきた。

慌ててユニクロに行って普段履くことのない黒のパンツを買い、ウェイターさんっぽくってちょっといいなあと悦に浸る。しかし合わせる服がないと気づいてまた慌てた。今までロングの黒髪に合わせ、大人しめのワンピースやスカートを選んでいたから、方向性が違いすぎて困る。でも白のニットと春らしい水色のロングカーディガンを合わせることで落ちついたというのに二十八度予想で台無しに。

悩みに悩みすぎて結局、半袖《はんそで》のパーカーに袖を通した駄目な私だ。

出かける前に鏡に自分を映す。日焼け止めを塗っただけのノーメイク。

憧れの洋菓子店で憧れの人と働けることに胸を膨らませる女子高生って、もっと可愛くしてもよくない？　自分でも首をかしげたくなる。でもこれが現実。そもそも私は女子の採用枠ではない。

「いってきまーす」

玄関から声をかけると、母が慌てた様子で見送りに来た。手には財布を握っている。

「白い苺《いちご》のケーキ、今日買ってきてもらえる？　いくらぐらいかしら？」

「わかんない。見てなかった」

「一個五百円くらいだと考えて、三個で二千円あれば足りるわね。……お父さんは甘いものの好きじゃないから」

「うん」

受け取りつつ、甘いものが好きじゃなくても食べてほしい味だと思う。

「じゃあ、いってきます」

「いってらっしゃい」

微笑《ほほえ》む母の瞼《まぶた》がうっすらと腫《は》れていた。昨夜、あれからまた泣いたのだろうか？　気づかないふりをして笑い返し、家を出た。

昨日、小林さんが作ってくれたケーキを持ち帰り、母にかいつまんで話した。

美容院の帰りに小林さんを助けたこと。彼がパティシエで思い出のケーキの再現を頼んだこと。私の拙《つたな》いヒントから彼は卵アレルギー対応ケーキだと導きだしたこと。

そして……弟と私の誕生日ケーキをわけて作っていたのは、母に嫌われているからだと疑っていたこと。

それまで私の話を楽しそうに嬉《うれ》しそうに懐かしそうに聞いていた母が目を見開き、唇をわななかせた。みるみるうちに青ざめていく。すぐに後悔した。こんな顔が見たくなかったから、ずっと言わなかったのに。

今はそう思っていないと、とっさに言うことさえできなかった。十年間溜まった心の澱《おり》が、喉《のど》をせき止めてしまった。

ふいに母が私の手をきつく握った。柔らかく、酷《ひど》く冷たい手の感触に驚く。そんなことをされるのは本当に子どものとき以来だ。

母はぽろぽろと大粒の涙をこぼしながら、微笑んだ。

「……そんなことをずっと思わせててごめんね。気づかなかったよ。つらかったねえ。言ってくれて、ありがとう」

震えた声で、ごめんねと繰り返した。その瞬間、涙がどっとあふれた。子どものように泣きじゃくってしまった。

お互いに抱き合うように泣いたあと、ふたりで思い出のケーキを食べた。

「再現にしては、ちょっとおいしすぎるわね」

母がいつもの明るい笑顔で言い、それからぽつぽつとあの日のことを話しだした。

「……お義母《かあ》さんに悪気がないのはわかっているのよ。二歳の百《もも》にこっそりプリン食べさせて病院に搬送されたときは、悪いおばあちゃんでごめんなさいって泣いて謝ってくれたし。でもその次に会ったときはケロッと忘れてシュークリーム。お医者さんから話をしてもらっても、でも食べさせたら治るんでしょ？　って聞かないの。私だって穏やかに接したいと思ってたけど、百に何かあるぐらいなら鬼嫁になったほうが……」

どんどん声に熱がこもっていく。興奮して殺気立つなんて母らしくなくて驚いた。そんな私に気づいて、母ははっとしたように口をつぐんだ。

重い空気を変えようと、私は誘い笑いするように言った。

「これを作ってくれた洋菓子店で男としてバイトしたいんだけど！」

スムーズに話を進めるため、男としてという部分は言わないつもりだった。でもついネタに走ってしまった。

母が「どういうこと？」ととまどったように聞いた。弟に間違えられたことがきっかけだと言うと反対されそうな気がする。

『全世界のスイーツ難民の男性のため』を前面に押し出し、男性のお客さんがリラックスできるように男装と説明した。小林さんを説得（？）したときの勢いでまくしたてると、母は最後には笑いだした。

「よっぽど、好きなんだね」

小林さんからのメッセージを彼氏からだと勘違いされているから、焦ってかぶりを振った。

「ち、ちがっ！　違う！　ただ私は小林さんに恩返ししたくて」

「あらそうなの？　お母さんは、ケーキが好きなのねって言いたかったのよ。へー？　小林さんがねえ」

母はふふふと微笑んだ。……これが墓穴か。小林さんの気持ちがわかった。情けないのなんですね……。でもそのおかげか、許してもらえたのでよかった。履歴書に捺印しつつ、母が呟《つぶや》く。

「週末限定で女子禁制なんて儲《もう》かるの？」

私が聞きたくても聞けなかった核心をずばりとつく。

「わかんない。でも一年前からやってるって」

「営業日が少ない店っていうのはまああるけど、女子禁制は聞かないよねぇ」

「女嫌いらしいよ」

「百には優しくしてくれたのに？」

　確かにそこも気になる。でも遺憾《いかん》なことだが、ひとつ仮説があるのだ。

「……私、女として見られてないから」

「こーんな可愛いのに？」

　それは親の欲目です。

　母はどんなに私が魅力的かと語りだし、恥ずかしいやらありがたいやらやっぱり恥ずかしいやらで聞いていた。そしてそれが新鮮だった。

　母の言葉の裏をいつも勝手に推測して、傷つかないように心のガードを固めていた。でも何のフィルターも通さない母は、こんなにも表情豊かで愛情深く語りかけてくる。

　私は今までどれだけ母の声を取りこぼしてきたんだろう？　反省しきりで、寝つけなかったのはそのせいでもある。

　朝のバス停にバスが来たので乗りこみ、何度も時間をチェックする。時刻表通りつきますように。店に近づくほど緊張してきた。バスから眺める町並みは明るい日差しが降り注いでいて、今日は本当に暑くなりそうだ。

アルバイト初日が晴れでよかった。なんとなく気分が前向きになってくる。

最寄りのバス停で降り、店の前には約束の十分前についた。ドキドキと高鳴る胸をおさえ、深呼吸する。そっとドアを開いて言った。

「おはようございます！」

すると厨房《ちゅうぼう》の奥で人影が動いた。コックハットを外しながらこっちに向かってきた人は、小林さんと同じくらい長身だけど明るい茶色の癖っ毛。垂れ目の目尻をさらに下げ、大型犬を彷彿《ほうふつ》とさせる柔らかな笑顔を浮かべている。

誰？　と思う間もなく、彼は大股でどんどん距離を縮めてきた。

「きみがバイトの子？　可愛いね！　僕は緒方洋介《おがたようすけ》。日曜だけのヘルプ。気さくに洋介でいいから。牧野《まきの》さんのことも名前で呼んでいい？　初めてのバイトなんだって？　しかも男のふりってすごくない？」

早口で一気にまくしたてられる。彼は私の手を両手で取り、ぶんぶんと上下に振った。

とまどっていると奥から聞き覚えのある声が聞こえた。

「うるせーぞ、緒方」

「だって、歓迎したいじゃん！」

「引かれてんじゃねーか」

鼻で笑ったみたいな言い方をするから、今日の小林さんは猫を被っていない。彼が素を見せる相手なんだと思うと、それだけで警戒心が少し下がる。

「今日からアルバイトで入る牧野百です。よろしくお願いします」

「硬いなー。リラックスリラックス。店長の顔が怖いから緊張してる？」

厨房から顔を覗《のぞ》かせた小林さんを緒方さんが指さした。でも小林さんに睨《にら》まれたのは私だ。理不尽！

「履歴書持ってきたか？　忘れていたら、雇わないぞ」

小林さんがそう言いながら、イートイン用の椅子《いす》にどかりと座る。

「持ってきました！」

慌てて鞄《かばん》から取り出し、おそるおそる両手で差し出した。

アルバイトが初めてなら履歴書を書くのも初めてだ。記入例を見て書いたけど、でも志望動機だけすごく悩んだ。働きたいという気持ちに私の国語力が追いつかない。

小林さんは無言で目を動かして、ふと止めた。

「志望動機が『ケーキがおいしかったからです』って。お前、小学生でももっとましなこと書くぞ」

呆《あき》れたように彼が言い、緒方さんが笑った。

「サイコーの褒め言葉じゃん！　ね？　百ちゃん」

「すごく考えたんですけど、でもそれ以上にぴったりな言葉がなかったんです！　ケーキがおいしかったから、すごくおいしかったから！」

顔を赤くして必死に弁解した。

本当の志望動機は『小林さんに恩返ししたい』だ。でもそんな大層なことを言えるほど役に立てるとは思えない。

じゃあ他に理由は何か？　といえば、やっぱりここのケーキがおいしかったから。

「……わかった、それでいい。お前には接客を頼みたい。イートインの給仕と食器洗い。レジには緒方がつくから、傍《そば》で雰囲気を学びつつ、実際にひとりでも会計できたらなおいい。今日何時まで残れる？」

「閉店まで大丈夫です」

「休憩入れても、初めてのバイトで七時間超えるのはきついだろ。言ってないから昼飯持ってきてないよな？　十三時上がりにするか？」

「短すぎます！」

「じゃあ十四時。時給は九百円で文句ないか？」

「え、いらないです！」

コンビニのアルバイトをしている友達が時給八百十円なんて安すぎると愚痴《ぐち》をこぼしていたけど、この辺の高校生バイトの相場らしい。だから思いがけない金額だった。

「私なんか不慣れで、お金をもらうのが申し訳ないぐらいですし……」

「高校生をただ働きさせるほど困ってない。受け取らないっていうなら、雇わない。交通費も支給するから、タイムカードに書けよ」

私に脅されて嫌々雇ってくれたはずなのに、意外にちゃんと考えてくれていた。今更だけど私は子どもで、彼が社会人だと感じる。

前回は入れてもらえなかった厨房に呼ばれ、それだけでも少し浮かれてしまった。

通り過ぎざまにショーケースの中にある『四月のスノーホワイトケーキ』が見えた。値段を確認すると一ピース千円。想定の倍！　さすが会員制！　でも一時間働けば、約一ピース買えるんだ。おいしいだけじゃなくて優しい味だから、もう一個二個三個と食べたい。

ぴかぴかに磨かれた厨房の作業台にフィルムが巻きかけのケーキが並んでいた。ついそちらに目が奪われる。ビロードのように艶《つや》やかな赤い苺のコンフィチュールで彩《いろど》られた四角い形のケーキだった。

「フレジエだ。苺という名前のフランス版ショートケーキ。日本だと生クリームを挟むことが多いが、カスタードクリームとバタークリームを合わせたムースリーヌを挟んである」

私の視線に気づいた小林さんが解説し、白いコックコートとダークブラウンの帽子を渡してくれた。

「これはプレゼント」

と冗談っぽく言って彼がくれたのは銀行名が印字されているメモ帳とボールペンだ。

「ちゃんとメモして、気になることはすぐに聞けよ」

「自分でも持ってきてますけど、でもこっちで書いたほうがいいですか？」

私物だと衛生上問題あるだろうか？　と思って聞くと、彼はふと表情を緩めた。

「いや、書きやすいほうでいい。なんだ。思ってたより、やる気あるんだな。他には質問あるか？」

「私は土日の両方来ていいんですよね？　緒方さんは日曜日だけなんですか？」

「あいつの本業は別の店のパティシエだ。俺の怪我《けが》が治るまで借りてる」

「じゃあ、普段はひとりのお店なんですね。土日以外は何されてるんですか？」

「研究と仕込み。たまに知り合いの店のヘルプ」

気さくに答えてくれたので、これもいけるかと思って質問を重ねる。

「女嫌いなんですか？」

途端に彼の眉間に皺《しわ》が入る。まとっていた空気までぴしりと固まった気がした。

「だ、だって！　お店に関わることでもあるし……あ！」

渡してくれたばかりの一式を彼がわし摑《づか》み、高く持ち上げた。二十センチ近く身長差があるから慌てて手を伸ばしても届かない。私がジャンプしたら、

「埃《ほこり》が立つ」

と言い捨てられる。

「うちの店の方針は言ったはずだ。プライベートなことをこれ以上教える義理はない。それが嫌なら、ここで帰っていいんだぞ」

無表情で見下ろされる。睨まれるより、静かな怒りを滲《にじ》ませた今のほうが怖い。

「すみませんでした。……今後、仕事のことしか聞きません」

私が誓いをたててようやく、一式を返してもらえた。

「二階に上がってすぐ右手、ドアを開けてあるからそこで着替えてこい。タイムカードも忘れるな」

指示する小林さんは、パティシエというより軍曹《ぐんそう》の威圧感だ。しょんぼりして二階に上がる。

小林さんが言った部屋はすぐに見つかった。休憩室も兼ねているのか、こたつとテレビがあった。途端に他人の家の気配が濃くなる。あまりじろじろ見ては駄目だと思いつつ、ついつい見てしまう。分厚いレシピ本にまじって週刊少年漫画雑誌があるのが意外だった。

ハンガーラックには緒方さんのだろう大きなジャケットとジーンズがかかっている。私もハンガーを借りて脱いだパーカーをかけ、コックコートを着る。姿見の前で帽子を被ると、気持ちがきゅっと引き締まる。

テレビ台の隣のタイムレコーダーで真新しいタイムカードを押した。音を立てて時刻が印字される。ひとつ、大人の階段を上った気がする。

さあ、初めてのアルバイトの始まりだ。

胸いっぱいに期待を膨らませて階段を下りると、緒方さんからコロコロを渡された。カーペットの上で転がす粘着テープの白いやつ。

「それで全身をコロコロしてね。そのあとは手を洗ってアルコールスプレーをよろしく」

服の上をコロコロした。夢から一気に現実に戻された気分。

フロアの掃き掃除と拭き掃除を終えたら、カトラリーのセットの仕方を教わる。

「イートインだとソルベのサービスをしているから、デザートスプーンもつけて。今日のソルベは甘夏。試食する？」

「したいです！　……あの、前から思ってたんですがソルベとシャーベットって違うんですか？」

「同じだとする本もあるけど、ソルベはフルーツジュースやピューレを凍らせたもので、シャーベットはソルベに牛乳・卵白・ゼラチンを加えたものという違いかな」

緒方さんが銀製のスプーンに一掬《すく》いしたものをくれた。見た目にも滑らかそうな白いソルベは、ふわふわの舌触りで甘夏の味がぎゅっと濃くて、ほどよい酸味が暑い今日にちょうどいい！

「とろけます……！」

「今朝作り立てだからね。保存できるソルベを、ここは毎回仕込むから」

緒方さんは味わうように目を閉じて、しみじみと言う。

「普通はそうじゃないんですか？」

「僕の職場ではしないね。あ、忘れてた。ここのショップカードには会員さんが知り合いに紹介する用と、テイクアウトのお客さんが家族に見せる用のダミーがあってね」

「ダミーですか？」

スパイ映画じみてきた。レジの下から緒方さんが二種類のカードを私に差し出した。

一枚が、小林さんに以前もらった『un homme（アン　ノム）』。

そしてもう一枚が、『パティスリーPrincess』。こちらはレースの模様が印刷され、名前からして女性向けだ。しかも書かれている住所が隣の市。

「ここって実在するんですか？」

と聞こうとしたそのとき、「緒方！　電話」と小林さんが厨房から言った。

「ごめんね。続きは小林に聞いて」

そう言って小林さんから受話器を受け取ると、階段を上がっていく。残された私はおずおずと小林さんに二枚のカードを掲げて見せた。聞くなと釘《くぎ》を刺されたばかりなので少し緊張する。でもこれは仕事の範囲内だよね？

「このカードの説明の途中だったんですけど」

「店長が俺の兄弟弟子《でし》だ。近所に対してうちはそこの研修施設と説明している。今日のフレジエは師匠《ししょう》から受け継いだ同じレシピだし、他のケーキの系統も似ている。緒方はそこのスタッフで、俺も昔働いていた」

「実在してるんですね？」

「うちのケーキを食べたご家族が調べたときになかったらおかしいだろ」

当然というように彼が答えた。でも私としては納得できない。

「……お客さんがそっちに流れてもいいんですか？」

うまく言えないけど、女子禁制を守るために必要なこととはいえ、もやもやする。小林さんの作ったおいしいケーキを食べた人の次の注文が別のお店なんて、言い方は悪いが手柄を取られているみたいだ。

でもそんな感情は乗り越えているらしく、彼はあっさりと言った。

「いい。秘密を守るには犠牲がつきものだ」

ここまでくると、男のロマンだけで片付けられる問題ではない。でもその先に踏みこんでしまえば、追い出されるかもしれない。

ふいに小林さんが私の帽子のひさしをぐいと引き上げた。影になっていた視界の遮《さえぎ》りがなくなり、じっと見つめてくる彼と目が合ってどきりとする。

「別に男らしくふるまおうとしなくていい。言っちゃあ悪いが、そのままで通用する。牧野君と間違えられたら素直に『兄弟です』と答えろ。女だとばれても、見とがめられるようなことじゃない」

『男らしくふるまおうとしなくていい』『そのままで通用する』

夜眠る前に思い出してこっそり泣いてしまいそうなフレーズだ。でもこの外見だから雇ってもらえているので、文句は言えないんだけど。

「はい！　このまま頑張ります」

やけっぽく返事したタイミングで、緒方さんが階段を下りてきた。すると小林さんがひさしをつまんでいた手を離したから、彼の胸元までしか見えなくなる。

「百ちゃん、説明してもらえた？」

緒方さんが私に問いかけながらレジに向かうので追いかけた。

「はい。緒方さんは別のお店でも働いて、こっちにも来てるって大変じゃないですか？」

「店長が融通きかせてくれてるから大丈夫。責任感じた泉《いずみ》ちゃんが来たがってたけど、僕と小林は同期入社で気心が知れてるし」

「……責任って、小林さんは階段から落ちたんじゃないんですか？」

もしかしてもっと酷い事故だった？　不安になって聞き返した。緒方さんは少し驚いたようにしてから、私に顔を寄せて小声で囁《ささや》く。

「僕が言ったって言わないでね？　泉ちゃんはうちの店の新人。荷物持って階段から下りようとして踏み外しかけたのをかばって、ヘルプで来てた小林が落ちた。打ち身と捻挫《ねんざ》で全治一カ月」

思わず厨房を振りかえった。ちゃんとそう言ってくれれば、あのとき笑わなかったのに。

緒方さんは屈めた上体を起こし、やれやれと言いたげに私に微笑みかける。

「そういうやつなんだよね」

十一時になると、小林さんがドアに馬の蹄鉄《ていてつ》をかけた。フランスの幸運のシンボルであるこれが開店の看板の代わりらしい。

ひとりめのお客さんを皮切りに見事に男性ばかりが続々とやってくる。一個の値段の平均が七百円のケーキが飛ぶように売れる。私が何もできないでいる中、めまぐるしい人の波を緒方さんは人好きのする笑顔を浮かべたまま、見事にさばいた。

心配されていた私の正体に関することだが、お客さんの視線はショーケースに向かうから、目深に帽子を被った新人店員の顔などじろじろ見ない。

イートインのお客さんも入ってくる。三席しかないけれど、ここは異様に回転が速い。

私が友達とカフェやイートインでケーキを食べるとき、もちろんケーキが目的なんだけど時間の使い方の割合で言えば、メインはおしゃべりだ。一時間でも二時間でもしゃべってしまう。でもここのお客さんは本当にケーキを食べるだけ。

ケーキとドリンクをレジで注文し、私が覚束《おぼつか》ないまま運ぶと、提供時間よりも短い時間で食べ終わって出ていく。

あまりにも早すぎて、帰ったことにしばらく気づかなかった。たまたま気が早い人だったのかなと思ったけど、大学生風の人もウォーキングのついでみたいなジャージのおじさんもそうだった。二人連れのサラリーマン風の人たちはさすがに長居するかと思ったら、二十分ぐらい。今まで他人の過ごし方を気にしてこなかったけれど、男女の違いを感じた。中でも目を引いたのは、小学校低学年ぐらいの少年を連れた親子。珍しい子連れというだけでなく、イートインで『四月のスノーホワイトケーキ』の注文は初めてで、食べた反応が気になった。

お父さんは八の字眉で少し気が弱そうだけど優しそうで、少年にずっと話しかけている。音楽が流れていない狭い店内なので漏れ聞こえてくる会話から察するに、離婚して母親にひきとられた息子との月一の逢瀬《おうせ》らしい。

なんとなく気まずい空気が店内に漂った。

少年はケーキをゆっくり食べ、ジンジャーエールをちびちびと飲んでいる。食べ終えてしまったら、何か話さなきゃいけなくなるからだろう。彼は片手をハーフパンツのポケットに入れたまま、居心地悪そうにもぞもぞしている。お父さんの問いに「うん」か「いい(いらない)」の返事しかしない。

弾まない会話にお父さんは肩を落とし、手つかずだったケーキをやっと食べた。

「あ、うまい……」

本音が思わず漏れたみたいな言い方だった。ケーキを前にして「うまそう」って言葉は何度か聞いたけど、「うまい」はまた格別だ。作ったのは小林さんだし、アルバイトとしても半人前な私だけど、胸に充実感がじわーっと広がる。

ふたりが店を出るときは一番気持ちをこめて「ありがとうございます！」と言えた気がする。

「お、今の言い方いいね！」

緒方さんに褒められ、まんざらでもない。

皿を下げようとテーブルに向かうと椅子の足元で何か光った。親指ほどの長さしかない小ぶりな鍵だ。さっきのお客さん？　今ならまだ出たばかりだから、追いかけたら渡せるかも。拾いあげて、緒方さんにかざした。

「忘れ物です。ちょっと出てきます」

店を出ると、五十メートルほど先にふたりの後ろ姿を見つけた。タクシーに乗りこもうとしているので慌てて駆け寄る。

「待ってください！」

息を切らして死角から現れた私に、お父さんは少年を自分の後ろに隠した。とっさの反応とはいえ、不審者扱いはちょっと傷つく。

「これ、お忘れじゃないですか？」

鍵を差し出しながら言うと、お父さんはまじまじと見たけど首をかしげる。

「いや……知らないな」

「……そうですか」

他のお客さんだったか。謝って帰ろうとしたら、少年がお父さんの背後から無言で手を伸ばしてきた。思わず取られないようにぎゅっと握りこむ。彼はむっとしたように睨んできた。

「オレのだ」

「え！　そうなのか？」

お父さんが聞き返すと、少年はばつが悪そうに目をそらしてから、こくりとうなずいた。

「……オレの自転車の鍵」

「乗れるようになったのか！　今度見せてくれ」

「……うん」

表情を輝かせたお父さんに対して、少年はなぜか浮かない。なんだか違和感があった。

まだ補助輪をつけているから見せたくないとか？

子どもの成長を垣間見るそんな感動的なシーンを不機嫌なタクシー運転手さんが「乗るの？　乗らないの？」と壊す。

「乗ります！　海《かい》、乗って。あ！　あなたも届けてくれて、ありがとうございます！」

「いいえ、渡せてよかったです」

お父さんに鍵を渡そうとしたものの、少年が手を出してきた。目線を合わせるようにしゃがみ、彼の手の平に置く。

「さっきはごめんね。意地悪するつもりではなかったんだけど……」

「……い。……がと」

「え？」

呟きを聞き取れず、聞き返した。少年が何か言う前に、タクシー運転手さんがまた急《せ》かしたのでふたりは後部シートに乗りこむ。タクシーが出たあと、少年が言ったセリフが判別できた。

――いい。ありがとう。

走ってきてよかった。嬉しくなって店に戻り、顛末《てんまつ》を話した。私としてはいい話のつもりだったけど、緒方さんは首をかしげた。

「なんか変だったよね？　ぎこちないっていうか。久しぶりに会ったにしてももっと話さない？　親子なんだから」

ね？　と厨房にいる小林さんに話を振った。

「毎月いらしているが、もっと元気な子だと思っていた」

「反抗期かなあ？　でもそれにしては早い気がする。百ちゃんぐらいの年齢になると、お父さんと一緒に服を洗わないでってかんじ？」

「いえ、それは……思わないですけど」

「いい子だな～。僕も娘ができたらこんな風になってほしいかな」

お世辞だとわかっていても、反応に困る。

私は父とここ数年話していない。不仲とか反抗期とかではなく、父の存在が我が家では薄い。休日はひとり、父方の祖母の家に泊まりがけで帰っている。

昔は一緒に行こうと誘われたが、私はケーキのことがあって以来祖母が苦手だった。そうでなくても言い方がきつく、弟びいきの人だ。母につらく当たっているのを見た弟は祖母に懐かなかった。

しぶる私たちに対して父は「冷たい」と文句を言い、動物園に行く約束を破って祖母の家に行った。夜遅くに帰ってきた父は母に怒られ、酔いにまかせて怒鳴った。

「俺の稼いだ金で、家族水入らずで温泉行って何が悪い！」

当てつけだったのだろう。でも酔っていたからこそ出た本音かもしれない。

私や弟が描く『家族』の絵に父と母と私と弟がいるが、父の言う『家族』には私たち三人が入っていない。

そう思ったのは母も同じだったようで、その日を境に言い合いがめっきり減った。きっと、がっかりしたんだと思う。母が何も言わなくなると、父は頻繁《ひんぱん》に祖母の家に帰った。近所からの父の評価は親孝行な息子。でもそのせいで、休日のうちの『家族』の単位はいつも三人だ。

今朝母はケーキを三個頼んでから、付け足すように「お父さんは甘いものが好きじゃないから」と言ったけど、言われるまでその数字に何も違和感がなかった。

ぼんやりと思い起こしていると、肩をポンと優しく叩かれた。緒方さんが心配するような顔つきで聞いてきた。

「疲れた？」

「いえ！　元気です」

「じゃあ、食器洗いを頼んでいい？」

「はい！」

厨房のシンクに重なった食器はふたり分だけだった。きっと暗い顔をしていたからこちらに回されたんだろう。駄目だな、私って。溜息《ためいき》が漏れる。

「どうした？　皿洗いなんてつまらないか。辞めたくなった？」

声が真後ろから降ってくる。ビクリとして振りかえると、いつの間にか背後に立った小林さんだ。

「違います！　えっと、あの……」

言い訳したいけど、でも何か言わなきゃと思えば思うほど何も浮かばない。ケーキのことだから母とのことは話せた。でもこれ以上、自分の劣等感を小林さんに晒《さら》したくない。黙っていたら、ふいと行ってしまう。呆れて言葉もなかったのだろうか？　居たたまれない気分でシンクに向き直り、食器用スポンジに洗剤をこぼす。

「これも洗っとけ」

横から声をかけられ、反射的に手を出すとココットに盛られた甘夏のソルベだった。スプーンも添えてある。

「あの、これ……」

「予定より少し早いが、食べたら今日は帰れ。ちゃんと反省点を家で考えて、次回に活《い》かせよ」

笑顔も見せないそっけない言い方だけど、『次回』と聞けてほっとする。役に立てなかったけど、またここに来てもいいんだ。

朝食べたときは少し霜《しも》がかっていたソルベの表面が緩んでいた。スプーンで掬うとその柔らかさはもはや氷菓子の感触じゃない。舌に乗せた瞬間、綿飴《わたあめ》みたいにほどけていく。

先ほどとは違った意味合いで、満足の溜息をついた。

「どうしてこんなに柔らかいんですか？」

「常温に十分置いたんだ。ちょうどいい食べごろだろう？」

「すごくいいです！」

もう一口食べてからふと気づく。

十分前ということは「辞めたくなった？」と声をかける前から用意してくれていた？私を励ますために？

いじめっ子気質なようで、優しくて。突き放すようで、面倒見がよくて。小林さんの性格が全然掴めない。でもソルベの甘さが口に馴染《なじ》んだ頃にはじんわりと胸が温かくなり、顔が自然とほころぶ。

「ごちそうさまです！」

今日の萌《も》えポイントをありがとうございます。

ココットとスプーンを洗い、次に親子が使った皿を洗う。汚れは対照的で、ソルベがきれいにさらわれた皿と、とけるのを放置していた皿。今日一番丹念に洗ってから二階に上がる。

タイムカードを押し、財布の中を確認した。母からもらった二千円と手持ちの千八百円。ケーキを買ってもバス代が残る。でもからっぽのショーケースに愕然《がくぜん》とした。

「……これって補充されるんですよね？」

緒方さんに聞くと、困ったように後頭部を掻《か》いた。

「ないね！ 焼き菓子とコンフィチュールならまだ残ってるよ」

まだ時刻は十四時前。……小林さんのケーキ人気恐るべし。いや、懐《ふところ》の余裕があるスイーツ男子恐るべし。白い苺のコンフィチュールがあったのでそれを買い、ダミー用のショップカードももらった。

日曜の午後は母が編み物教室に通っている。家に帰っても誰もいないだろうと思っていたら、いつも部活でいない弟がキッチンにいた。私以上に驚いて、「……まだ慣れねえ」と呟く。

「ドッペルゲンガーみたい。せめて分け目を変えてくれよ」

「つむじが同じ所にあるから無理だよ。今日、部活は？」

「あるよ。忘れもん取りに来ただけ。すぐまた出る」

そう言いながらも急ぐようなそぶりもなく、ダイニングテーブルでコンビニ弁当をのんびり食べだした。見ているだけでお腹《なか》がすいて、冷蔵庫を開けると好きなメーカーのゼリーがある！

でも一口食べた途端、人工的な甘ったるさが鼻についた。……小林さんクオリティーに舌が慣らされている気がする。この分だと、食べられるものが限られてしまうかも。文字通り金銭的に贅沢《ぜいたく》な悩みだ。

「……祥《しょう》ってさ。男性客だけの洋菓子店があったら行きたい？　女性がいない店内で気兼ねせずにケーキを食べられるお店」

脈絡のなさは感じつつ聞くと、弟は考えこむように首をかしげてから、

「ちょっとは興味ある」

「え、本当？」

「うん。でも金額によるかな。気軽に行けそう？」

「私のオススメのケーキは一ピース千円」

弟が目をひんむいた。私もこんな顔かと思うとげんなりする。

「どこにあんの？」

「ここに引っ越す前に通っていた幼稚園の近く」

「川より東側？」

「西側。大通りに面していて、地下鉄の駅から少し遠いほうのバス停の傍」

「あー、なんとなくわかるかも。川沿いが今は葉桜でちょっとしたジャングルの入り口みたいになってて、それを北に上がって横道にそれると公園があってさ。小さい割にジャングルジムがあんの。そこでコンビニで買ったから揚げを登頂食いすんのが今、俺らの中で流行してて」

「登頂食い？」

「ジャングルジムのてっぺんで、偉業を成し遂げた男の顔でから揚げをかじんの」

再現するかのように表情を引き締める。弟が学生服でジャングルジムに登る姿を想像し、脱力してしまう。

「で、なんで急にそんな話になったんだ？」

「そういう店でバイト始めたの。今日が初日」

「店員は女にカウントしねえの？　それとも姉ちゃんは女にカウントされねえの？」

弟はあくまでからかったつもりだろうけど、図星だった。

「……まあ、特別採用っていうか」

「へー。帰りはいつもこの時間？」

「まだわかんないけど、慣れたらもっと遅くなると思う。閉店が十八時だし」

「遅くなるんなら、迎えに行くから呼べよ」

「え、なんで？」

「え？　危ねえからだろ？」

きょとんとして聞き返すと、弟も同じように聞き返してきた。

小学生男子みたいなことをしていると思ったら、こういうことを素で言えるから女子にモテるんだろうなあ。周りから『町の宝』だとちやほやされても天狗《てんぐ》にならずにいてくれてよかった。

バスだから大丈夫と断ったけど、優しさが嬉しい。

「じゃあ、今度頼もうかな」

「おう。礼は風呂掃除当番を一週間代わってくれればいいから」

「長いよ！」

せめて一回か二回でしょ。

弟はコンビニ弁当を食べたあと、部活に戻った。それを見送ってから、アルバイトのメモを読み返そうと鞄から取り出すと、『パティスリーPrincess』のショップカードが落ちた。

そういえば、小林さんの兄弟弟子ってどんな人だろう？　気になってホームページにアクセスした。華やかなフレジエの写真がトップページを飾っている。小林さんみたいに職人気質な人か、緒方さんみたいにフレンドリーな人か、はたまたまったく別？　プロフィール画像が読みこまれた瞬間、息をのんだ。

オーナーパティシエである店長は、猫目でちょっときつい印象に整った三十過ぎくらいの美女だった。

2

憂鬱《ゆううつ》な気分のまま、月曜日が始まった。

どうして小林さんは『兄弟弟子』と言ったんだろう？　いやもちろんうちみたいに『姉弟』でも『きょうだい』とルビを振る場合はある。でも女性を示す言葉じゃない。隠したと思うのは想像の飛躍だ。けれど、あの小林さんが交流している女性。しかもプロフィールを見れば、フランスの権威ある製菓コンテストで銀メダルをとった実力派。

はあ、と朝から何度目ともつかない溜息が漏れる。

登校すると、いつもはしつこい弟のファンたちが私を見てそそくさといなくなった。親友の志保《しほ》が私の席にすぐやって来て、「大丈夫？」と聞いてきた。

「負のオーラがすごいよ？　眉間に皺が寄りまくってて、常にガン飛ばしてる」

道理でみんな離れていくはずだ。そんな中で声をかけてくれた彼女に何があったか言いたい。でもそしたら店のことを話す必要が出てくる。真剣な相談ならちゃんと黙っててくれるとわかっている。でも小林さんを裏切るようでできない。

板挟みになり、うんうんと唸《うな》っていると、志保が私の眉間に触れた。

「この顔、見覚えがある」

言われてすぐに弟の顔が浮かんだ。志保は皺を伸ばすように指先で撫《な》でながら続ける。

「ほら、私って社会人の彼と付き合ってるじゃん？　仕事できつくても、守秘義務とかで愚痴も言えなくて、でもしんどいってときはこんな顔。言えないなら言おうとしなくて、いいよ」

そう言ってもらって、少しほっとした。相談できない自分が友達甲斐がないようでつらかったから。

柔らかい指の感触が心地よくて、されるままにした。彼女がまとう余裕ある空気が羨《うらや》ましい。

「……大人と付き合うと大人になるの？」

「どうかな？　でも彼と付き合う前ならきっと、無理にでも悩みを聞きだそうとしたと思う。大丈夫だよって励まして、解決することより相談してくれたことに満足しちゃったりして。……私からしたら、ひとりで悩み抱えて頑張ってる百ちゃんのほうが大人に見えるよ」

そう言って微笑んだ志保が、すごく大人びて見えた。

弟相手に子どもだと感じる私より、同級生相手に大人だと言える彼女のほうが精神年齢が高い。

「……いつか、話したいな」

ぽつりと呟くと「楽しみ」と志保が言ってくれた。

でもいつかっていつだろう？　小林さんが女子禁制を解いてくれたら？　考えているとチャイムが鳴った。

「休み時間にね」

そう言って小さく手を振ってくれた彼女に、おもしろおかしく小林さんとの出会いを話したい。ちょっと短気だけど面倒見のいい性格と素敵なケーキ。きっとすごくいいリアクションで聞いてくれるはず。

志保が食べることができないケーキを小林さんはあの美女には食べさせるんだろうか……？　美女と小林さんが笑顔でケーキを食べる姿を想像してしまい、ずきりと胸が痛んだ。

一週間は短いようで長かった。箱詰めや接客を一通り教わったけれど、日があいたので自信がなくなってきた。小林さんとふたりきりになるというのに足手まといになってしまう。


迷ったものの、小林さん宛《あ》てにメッセージを送る。

『覚えたことの復讐をしたいので、十時に行っていいですか？』

返信は夜になって来た。

『いいけど、復讐はやめろ』

どういう意味かと思ったけど、すぐにわかった。復習を誤変換したまま送っていたのだ。

ぶわっと汗が出た。慌てて『間違えました！　復讐しません！』と返す。

こんな凡ミスをあの美女はしないんだろうと思うとさらに落ちこんだ。

3

土曜日はすっきりしない天気で、まるで私の心情をそのまま反映したかのようだ。

十時前に店のドアを開けると、焼きたてのパイの甘い香りに包まれる。この香りは最強だ。一瞬で頭の中が『おいしそう』で占められた。

厨房を覗くと、小林さんがオーブンから取り出したパイにシロップを塗っていた。真剣な横顔だ。てきぱきと機敏な動きが怪我人とは思えない。

「おはようございます」

作業の邪魔をしないように小声で言うと、「おはよ」とちゃんと返ってくる。二階で支度を済ませ、フロアの掃除をしてからレジ周りのチェックをする。前回はなかったケーキの値段一覧表があった。小林さんの字だ。それを見たら、ますます頑張ろうって気になった。

今日は小林さんがレジをして、私が箱詰めを担当した。注文の個数が多いときはフォローしてくれ、その手つきを真似していたらコツがつかめてきた。十三時に昼休憩を三十分もらい、また仕事。十五時にはケーキも焼き菓子もコンフィチュールも完売した。

「お疲れさん。今日は帰っていい」

「いつも完売するんですか？」

もちろん売れると嬉しいけれど、小林さんのケーキの一ファンで買って帰りたい私としては複雑だ。

「残るときもある。これから梅雨《つゆ》とか夏は外出する人が減るからどうしても売り上げが落ちる」

小林さんは悔しそうに言う。

怪我が治るまでと頼んで雇ってもらっているし、全治一カ月らしいから、もしかしたらもうケーキは食べられないかもしれない。仕事に少し慣れてきたと思ったのに、もう終わりが見えている。

寂しくなりながら階段を上がろうとしたとき、電話が鳴った。小林さんが出て話しこんでいる。

「こっちでも探してみます」

焦ったような声でそんなセリフが耳に飛びこんできた。何かあったんだろうか？　嫌な予感がする。電話を切った彼が話を切り出した。

「先週の日曜の親子連れを覚えているか？　お前が自転車の鍵を届けた海君。行方不明らしい」

「え！」

うつむいたまま、ありがとうと言った少年だ。内気そうだけどいい子に見えた。

小林さんは言葉を選びながら早口で言った。

「母親が再婚するにあたって、父親との面会はなしにすると今朝告げた。そのときは物わかりがよかったそうだ。遊びに行くと言って、自転車に乗って家を出たが昼になっても帰ってこないし、友達も知らないと。それで父親に連絡が行って、もしかしたらうちに来ているんじゃないかという話になったらしい」

「……でも来てないんですよね。私、探してきます」

「悪いが頼む。父親がこっちに向かっているそうだから、俺は残らなきゃならない」

そのことを口惜しそうに彼が言った。一度会っただけの私なんかよりずっと心配しているんだろう。

「大丈夫です！　私この近くの幼稚園に通ってたから、土地鑑はありますし」

でもどこを探せばいい？　悩みながら、店の周りを大きくぐるりと一周する。

お父さんに自転車を見せる約束を守るためにここに来ていたとしたら、どうして店に入ってこなかったの？　その答えは、店の前に戻ってきたときに気づいた。店のカードをもらった私でさえ、看板がないから一般家庭と間違えていないかと入店をためらう外観だ。お父さんに連れられて来ている海君が見つけられなくても仕方ない。

たとえば私が小学校低学年だとして、目当ての店が見つからなかったらどうする？　考えながら住宅街をゆっくり歩く。小さな橋を渡ると、葉桜が川沿いに並んでいる。

あ、ここって弟が言っていた橋かな？　そのまま行きかけて、ふと足を止めた。

『幼い私』じゃなくて、『少年』だったらと考えるべきかもしれない。『ちょっとしたジャングルの入り口』についい足が向くのではないだろうか。

北上し、横道にそれると確かに公園らしい開けたスペースが遠目に見える。遊んでいるような声が聞こえない。でもだからこそ駆け足になった。門をくぐるとすぐに、小さな青い自転車とジャングルジムがある。海君はジャングルジムの頂上で空をぼうっと見上げている。

「……か」

声をかけそうになって、慌てて口を塞《ふさ》いだ。バランスを崩して落ちてしまったら……。万が一があっても手を伸ばせる位置に行くためにジャングルジムに登った。正面に回り込むように順路をとると、彼はそれに気づいて下り始めた。素早い動きであっという間に地面に着地する。

「待って！　海く……、ああ！」

ジャンプして着地しようとしたら、膝《ひざ》から崩れてずっこけた。駆けだそうとした海君が止まる。着地には失敗したが、引き止めには成功したようだ。スマートフォンを取り出し、重病人のようにか弱い震える手つきで彼に向けた。

「……痛くて立てない。救急車を呼んで。お願い」

海君はじっと見てくるだけ。もう一度「お願い……」と迫真の演技で言う。

やがて彼が近寄ってきて手を伸ばしたから、逆に手首を掴んだ。はっとした彼はいきなり「助けて！」と叫んだ。

「やめて！　騙《だま》したのは謝るから」

「嘘《うそ》つきの言うことなんか信じない！」

「それは正しいけど、でもきみだってお母さんに嘘ついたでしょ！」

言い返すと、ばつが悪そうに黙った。唇をきゅっと結んだ顔が泣く手前に見える。子どもも相手に言いすぎてしまった。

「ごめんね。けど、お母さんもお父さんも探してるよ？　帰ろう」

優しい言い方になるように気をつけた。でも彼はふるふるとかぶりを振る。

「お父さんがこっちに来るから、自転車を見てもらおう？」

それが目的のはずなのに彼はまたかぶりを振った。他に何を言えばいいのかわからなくて、困ってしまう。ケーキも焼き菓子もコンフィチュールも完売しているからお菓子では釣れない。

何か話題にできるものは……。視線を下げると、海君は私でも知っているメーカーのスニーカーを履いている。

「その靴、カッコイイね！」

「……うん」

失敗だった。この年代の子と話す機会がないし、何が好きなんだかわからない。実のお父さんでさえ困っていたじゃないか。

このまま膠着《こうちゃく》状態が続けば、本当の不審者として通報されてしまう。

前回入店してから追いかけるまでを思い起こした。ヒントを得られないまま、鍵を渡して店に帰ってくるところまで進んでしまう。皿洗いの場面が浮かび、閃《ひらめ》いた。彼が好きそうで、店にあるもの。

「……ソルベは好き？」

小林さんに海君が見つかったと電話し、ソルベの用意を頼んだ。公園から店まで十分ほどかかる。

逃亡防止のために彼の自転車は私が押している。嫌がるかと思ったけれど、意外にすんなり譲ってもらえた。自分がしたことに罪悪感を持っているのかもしれない。

「海君はお父さんに自転車を見せようと思って来たんだよね？」

「うん。おじさんに買ってもらった」

そのおじさんとはきっと、彼の義父になる人のことだろう。繊細な事情なだけにうかつなことは言えない。とはいえどう答えていいかわからず、さっきと似たセリフになった。

「カッコイイ自転車だよね」

「うん。……でも、父ちゃんが買ってくれるはずだったんだ。夏休みになったら特訓しようって。けど、おじさんが買ってくれた。……言わなきゃって思ったけど、どうしても言えなくて」

前回ずっと落ちつかなかったのは話がつまらなかったんじゃなくて、心に葛藤《かっとう》を抱えながら、言いだすタイミングを見計らっていたんだ。

伏せた顔を上げて、海君は私に訴えかける。

「母ちゃんがもう父ちゃんと会うなって言って。でもオレ、父ちゃんと約束したから」

「守ろうとして、偉いね。……でもお母さんに心配かけちゃだめだよ」

彼の瞳が見開かれ、細かに震える。泣いてしまうかと思った。彼は鼻をすすり上げ、また顔を伏せた。その小さな両肩には耐えきれないほどの重圧が乗っているようだった。

ちょうど、小林さんに十年来の悩みを告白した自分と重なる。でも私と違って彼は今、苦しみのまっただ中にいる。

私はゆっくりと心の整理をしながら言った。

「海君とね、海君のお父さんが食べたあとのお皿を洗ったのは私なんだ。海君はソルベをとける前に食べてて、お父さんはそうじゃなかった。お父さんは海君のことを知りたくて、一生懸命話しかけてたよね？」

「……うん」

ソルベのとけ方が違う二枚の皿を見て父のことが頭をよぎった。うちの両親がもし離婚したら自慢の弟には会いたがっても、私とは会おうとしないだろう。

「羨ましかった。私はお父さんと一緒に暮らしているけど……私に興味ないみたいで」

うつむいていた彼がふと私を見上げた。その瞳が困惑と同情で揺らいでいる。それに苦笑して返して、続けた。

「一度話さなくなると、それまでどうしてたかわかんなくなった。親子なのにね。海君にはそうならないでほしい。我慢せずに気持ちはちゃんと伝えたほうがいいよ。じゃないと……」

胸に片手を置き、ぎゅっと握る。土ぼこりのついたコックコートが目に入らなければきっと続きを言えなかった。

コックコートの白さは、私に勇気をくれた人の象徴だ。

「自分に嘘をつき続けることになるから」

涙がこみあげ、鼻の奥がツンとしたけどなんとかこらえることができた。でも海君はそれきり黙ってしまった。感情移入して、おせっかいがすぎたかもしれない。

ふいに海君が立ちつくした。その視線の先に慌てて走ってくる彼のお父さんがいる。ふたりを会わせることができてほっとした。お父さんは大声で叫んだ。

「海！　何やってんだ！」

前回の印象とうって変わってすごい剣幕で、隣にいる私までビクリと体が強《こわ》ばる。

「あ、あの！　海君はお父さんに自転車を見せたくてですね……」

慌ててかばおうとした。でもお父さんはまったく聞いてない。海君の両肩をがしりと掴み、彼の顔を覗きこんだ。

「お母さんに嘘つくなんて駄目だろ！」

「……ごめんなさい」

怯《おび》えた顔で海君が謝った。たとえ父親でも理由を聞こうともせずに頭ごなしに怒るなんて。思わず私が言い返そうとすると、お父さんは彼をきつく抱きしめた。

「無事でよかった。……心配したんだからな」

涙まじりの震えた声だった。

小さな頭をわしわしと撫でられ、固まっていた海君が声を上げて泣きだした。

「っ……ごめんなっ……さい。ごめんなさい……」

もらい泣きしそうになるぐらい胸にくる泣き声だった。私の前で泣かなかったのは強いからじゃなくて、ただ我慢していただけなんだ。

お父さんが来た方向に小林さんが見えた。私を手招きしたので、親子ふたりにするためにその場からそっと離れた。

「見つけてくれてありがとう。だがお前……何があった?」

私を上から下までまじまじと見つめる。慌ててコックコートの汚れを払った。

「ジャングルジムから降りようとしてこけました」

「ガキか。怪我はなさそうだな」

そう言って、小林さんは足を引きずりながらも海君親子に駆け寄った。詳しくは聞こえないけれど、「ソルベ」とは聞こえたので、きっと店で話すように提案しているのだろう。海君は目をこすり、お父さんが申し訳なさそうに頭を下げている。

本心をさらけ出したあとだからすべてうまくいくんだと思っていたのに、店のテーブルについた海君はまた黙ってしまった。お父さんの勢いもすっかり収まっている。

小林さんは厨房で作業していて、私は邪魔しないようにショーケースの後ろに立っているだけ。

「……新しいお父さんとはうまくいってないのか？」

お父さんがぎこちなく聞くと、海君は大きくかぶりを振った。その答えにほっとしたようにお父さんは息をつく。

「自転車の練習はその人としたんだな？」

「……うん」

「悪いことしてないのにどうして隠そうとするんだ。いい人ならよかったじゃないか。な？」

その問いかけにも海君は暗い顔でうなずいた。じれったくなって、おそるおそる口を出した。

「あの……すみません。悪いことじゃなくても、私だったら言えないです。だって、お父さ……ひゃ！」

頬《ほお》に冷たいものが触れた。比喩《ひゆ》表現でなく、小林さんがしれっと何かを押しつけたのだ。通り過ぎざまに私の手にそれを渡してきた。冷えたドリンクが入ったグラスで、フローズン状のそれは初めて見る。

テーブルにいるふたりにも同じものを差し出した。

「本日のグレープフルーツのソルベとジンジャーエールを合わせたスムージーです。シャーベットとソルベの違いはご存じですか？」

ふたりとも答えないので私が言った。

「緒方さんから聞きました。材料ですよね？」

「それも正しいが、英語がシャーベットでフランス語がソルベ。シャーベットの語源となったシャリバはアラビア語で『飲む』を意味します。基本に立ち戻って飲めるものにしてみました。お試しください」

スムージーといえば健康志向のドリンクというイメージがあるけれど、このスムージーはデザート的だ。おいしそうで味が気になる。でも海君親子は手をつけようとしない。もちろん、新商品にはしゃぐ心境じゃないからだ。

「海。お前の好きなジンジャーエールを使ってくれたんだぞ」

お父さんがそう言って、海君のグラスにストローを差した。あ、そういう理由があったのか。海君はちらっとグラスを見たけれど、顔は動かさない。その心理ならわかる気がした。

悪いことはしていないけれど、悪いことをしている。

その矛盾《むじゅん》は確かに存在する。

私で言えば、志保にこの店でアルバイトをしていることを話せなくて、彼女を裏切っているように感じたときがそれだ。だから機嫌をとってもらっても、罪悪感が勝ってしまう。

それをうまくお父さんに伝えるにはどうしたらいいんだろう？　迷っていると、小林さんが海君の傍にしゃがみこんだ。

「うちに初めて来てくれたとき、飲み物がコーヒーしかなくて海君を困らせたことを覚えてる？　ジンジャーエールが飲みたいって言ったから、走って買いに行ったんだ」

「……わがまま言ってごめんなさい」

「違う、そうじゃない。海君が言ってくれなきゃ、うちのメニューは増えなかった。このドリンクだって生まれなかった。店にとって一番怖いのは、不満を言わないお客さんなんだ。もちろん対応できないこともあるけど、でもできることのほうが多い。俺は海君にまたお店に来てほしいから、そのための工夫をしたいと思っている。……海君はどうしたい？」

小林さんは普段話すときよりもゆっくりとした口調で語りかけた。

それでやっと、私は自分の間違いに気づかされた。海君がうまく言えない部分をなんとかしてあげたいと思ったけれど、でもそれって結局彼の胸の中にある言葉を聞こうとしていない。

海君の味方になっていたつもりで、勝手な思いを押しつけただけだ。

海君は膝の上に置いた手をぎゅっと握った。

「おじさんを父ちゃんって呼びたくない！　だって父ちゃんは父ちゃんだけなのに。オレは父ちゃんとまたここに来たい。ここだけじゃなくて、他の場所にも父ちゃんと……」

最後のほうは涙で声にならなかった。体全部が震えて、肩で大きく息を吸う。

「海……」

立ち上がろうとしたお父さんを小林さんがかざした手で制した。

「海君がちゃんと自分の言葉で言うまで待ってください」

彼は他の人には出さない特別メニューを作った。もちろんそれは海君が子どもだからだ。

でも、『子どもだから』うまく言えないとか『子どもだから』気持ちを汲《く》んであげなきゃとは思っていない。

子どもの『お客様』として尊重する態度を崩さない。

それからどれくらいの時間が流れたんだろう？　実際には短かったと思うけれど、でも海君のすすり泣く声を聞く時間は居たたまれなかった。顔を真っ赤にして、何度も失敗しながらもやがてはっきりと言った。

「もっと父ちゃんといたい……」

「……お母さんを説得しよう。父ちゃんだって、海ともっと一緒にいたいよ」

きっとお父さんは、海君と別れるつもりだったんだと思う。そうじゃなければ、『新しいお父さん』なんて言えない。

息子のためを思って引き下がろうと整理をつけた気持ちまで覆《くつがえ》した。それはやっぱり、海君の本心の訴えじゃなければできなかったはずだ。

すごいな……、小林さんって。

「百、ティッシュをさしあげて」

「はい！」

ふいに呼ばれ、慌ててスムージーを近くに置いてボックスティッシュを両手の平で挟む。テーブルに落とした瞬間、指先をひとまとめにして小林さんに摑まれてびっくりした。

「……やっぱりか」

苛立《いらだ》ったように顔を歪《ゆが》めた彼に、そのまま厨房に引っぱられる。

え？　あ、ちょっと……。その豹変《ひょうへん》っぷりに海君親子もびっくりしてますけれども？

でも彼の行動理由が私にはわかっていたので大人しく従った。蛇口をひねり、お湯を出して私の両手を温めてくれる。

冷えたスムージーを持ち続けていて痺《しび》れていた指先がほぐれていくようだ。

「ずっと持っとくように言ったか？」

「だって、ふたりが飲んでないのに私だけ飲むわけには」

「置いときゃいいだろ」

「変に物音たてて、邪魔しちゃ悪いと思って……」

しゅんとして言い訳すると小林さんはあからさまな溜息をついた。

「お前はホント、……こけるし、空気読みすぎてこんな手にして。もっと自分を大事にしろ」

他人をかばって全治一カ月のあなたがそれを言う？　思わずまじまじと見つめてしまった。でも彼は握った私の指先しか見ていない。その真剣な横顔に胸がつまってしまい、慌てて目をそらした。大きくなる一方の鼓動がこの距離だと伝わってしまうんじゃないか、心配。

結局、スムージーを飲めたのはだいぶとけてしまってからだった。スムージーというより、ジンジャーエールにソルベを浮かべたようなフロート状態でそれを飲んだ海君は「甘すぎ！」と言った。

「きつめの炭酸がいいって言ったじゃん」

文句を言う彼に小林さんが謝っていた。なるほど、調子を取り戻した彼は確かに元気な子だ。

私も飲んだけれど、日頃炭酸をあまり飲まないせいか気にならなかった。ぱちぱちと小さく弾ける辛めのジンジャーエールにソルベの甘さが混じっている。時折口に入ってくるグレープフルーツの粒のサプライズ性が楽しい。それを褒めたら作り方を教えてくれた。といっても、ミキサーで混ぜるだけだ。

簡単だけど、家では作らない気がする。

この味と手を握られた記憶がリンクして、胸がいっぱいになって飲めなくなってしまいそうだから。

翌日、店のドアノブを摑もうとして違和感に気づいた。鍵穴の上にケーキのシールが貼ってある。それはちょうど、子どもの目線のあたりだ。私が海君が店に入ってこなかった理由を言ったからだろう。

シールの表面をそっと撫でる。

どんな顔をして貼ったのかな？　角度や位置にこだわりそうな彼を想像すると笑ってしまう。

ここは男性にしか開かれていないお店だけれど、親友に紹介できないけれど。

それでも男だけで腹を割って話せるこの店は貴重だし、必要だと今は思う。

小林さんがここまで徹底して女子禁制にした本当の理由を話してくれるまで、その信頼に足りるようになるまで頑張ろう。まずは、ケーキの名前と金額を覚えてレジをさせてもらうのが目標だ。

私は少し大人になった気分でドアを開けた。

三皿め

バースデイケーキ

Bienvenue à la Pâtisserie Intime!

1

土曜日の夜に父がいる。家族四人そろって食卓につく。

よその家庭ではおよそ当たり前のことで、私はおおいに動揺していた。何せ父が土曜日の夜に家にいるなんて四年ぶりだから。

アルバイトから帰るとまっすぐ自室へ向かったので、母に呼ばれるまで父がいたことに気づかなかった。

先にダイニングテーブルについていた弟が私に「どうすんの？」って目で見てくる。私は「知らないよ。なんでいるのかそっちが聞いて」と目で返しつつ、定位置に座る。

テーブルの四方にひとりずつ、私の左隣は母で、ガス台と炊飯器が一番近い席。食べ盛りでおかわりを一番する弟は母の正面で私の右隣。

つまり私の正面が父である。

夕刊を広げる父がこちらを見ていないとわかっていても落ちつかず、つい視線を下げてしまう。

それにしても「なんでいるのか？」なんて実の父親に対して酷《ひど》いセリフだ。でも弟なら許される気がするので、ぜひ聞いてほしい。

「百《もも》、手伝ってよ」

母に呼ばれ、いつもはちょっと面倒くさいけど助かった。傍《そば》に行くと筑前煮《ちくぜんに》を渡された。顔を寄せ、こそりと母が言う。

「今日、お父さんどうしちゃったの？」

「え、お母さんも知らないの？」

「急に帰ってきて家で食べるっていうもんだから、慌てて作り足したわよ」

小さな声で言い合っていると、父が切り出した。

「ふたりは何か欲しいものがあるか？　再来週誕生日だろう？」

それでやっと納得した。おそらく祖母に聞いてくるように言われたんだろう。父の妹である叔母から聞いた話だが、弟には地元の大学に進学してもらいたいらしい。そして祖母の家に下宿してほしいんだとか。そのためのご機嫌取りというわけだ。

『ふたり』と言いつつも、私が席を立ったタイミングで聞くあたり、真意が透けて見える。

私が黙ったままでいると、弟がのんきに答えた。

「去年ロードバイクを買ってもらったし、今のところないかなあ」

「ゲームソフトとかは？」

父が焦ったような口ぶりで聞くが、弟はかぶりを振る。

「最近はしてない。やる時間もないし。半紙とか筆とかこまごましたもんなら欲しいけど」

「……そうか。百は？」

話を振られて驚いた。何も考えてなかったし、聞かれるとは思ってなかった。

「……私もないかな？」

「なんだ。うちの子は欲がないなあ」

呆《あき》れたように、それでいてどこか嬉《うれ》しそうに父が続ける。

「時間はあるから、考えておきなさい」

私が欲しいものってなんだろう？ 改めて考えてみたけど、うーん？

新しい服なら誕生日までの期限付きで焦って探すより、一目惚《ぼ》れするような素敵なものと出会ったときに買いたい。コスメはまだ足りてる。

じゃあやっぱり、小林《こばやし》さんのケーキかなあ。しかもお祝いの言葉付き。それならものすごく欲しい！ 彼の笑顔を想像してから、絶対無理なやつだと気づいて落ちこんだ。

接客用の愛想笑いじゃなくて、初めて会ったときのように優しい顔。ドアを押さえただけの私に恩人だと言ってくれたときの笑顔。

でもそれは私を弟と勘違いしていたから見せてくれた表情だ。そもそも自分から「誕生日なので祝ってください！」と言えるようなキャラじゃないし。

「あ！　姉ちゃんのバイト先のケーキ」

と弟が言いだしたのでどきりとした。なんというタイミングだ。さすが双子。私が感心していると、父は怪訝《けげん》な顔をする。

「バイトを始めたのか？　聞いてないぞ」

「それは……」

「言ったわよ」

言い訳しようとした私を母が遮《さえぎ》る。刺身包丁を片手に振り向いた。

「百がバイトしたいって言ったのが先週の土曜日です。その夜にあなたにメールしました。あなたからはいつも通り返事はありませんでしたけど、百の気持ちを尊重したかったので履歴書にサインしました。日曜日に帰ってきたあなたに事後報告になったけどと相談すると『いいんじゃないか』とうなずいてました」

怒っているとき、母は声を荒げたり感情的になったりしないけれど、冷静さを保とうとしているのか敬語になる。そして同時に目が据わり、冷ややかな顔つきになるので余計に怖い。自分が怒られているわけじゃないのに、ぞくりときた。

母は刺身包丁を置くとエプロンで手を拭いてからスマートフォンを取って、おそらく履歴を父に見せた。

「あるでしょう?」

昔からこうだ。母は事実だけを突きつけてくるので、こちらはただ平伏するしかなくなる。

「百から聞いてないって意味で……」

しどろもどろに父が答え、助けを求めるように私を見てくる。両親の喧嘩《けんか》(しかも一方的な)は子どもとしても嬉しくないので助け船を出すつもりで父に謝った。

「ごめんなさい。言うタイミングがなくて」

「どんなバイト先なんだ? 勉強に影響は出ないか?」

「週に二回だけだし、大丈夫だと思う。お店のカード取ってくるね」

自室に戻って、財布にずっとしまっていた店のカードを取り出す。

もうすっかりお守り代わりなので本当は渡したくない。でも誕生日に小林さんのケーキが食べられたら最高に嬉しいし、もしかしたらお祝いの言葉を言ってもらえるかもという魅力に抗えない。

ショップカードを渡すと「土日だけ営業?」と驚かれた。

「うん。しかも男性客だけが利用できるお店」

だから安心して来たらいいよ、という意味で言ったのに、父は眉をひそめた。

「……大丈夫か？　そんな店」

一瞬どういう意味かはかりかねた。娘を持つ親として何かしらの防衛本能が働いたらしい。変な誤解をされて少しむっとしたが、安心させようと笑顔を浮かべた。

「すごくおいしいケーキのお店だし、いい人ばっかりだよ」

でも父の表情はさらに曇る。履歴書の志望動機に『ケーキがおいしかったから』と書いて小学生以下だと小林さんに言われたけど、同じ不安を抱かせてしまったようだ。

うちの子はケーキにつられておかしな店で働いている……みたいな。

「店に来てくれたらわかるよ。……それに店長さんが怪我《けが》をしている間だけ、一カ月だけのバイトだから」

本当はもっと働きたい。小林さんの作るケーキと彼を慕う人たちのために。日に日にその想いが強くなっていく。でも父の心証が悪くなるとすぐにでも辞めさせられてしまうかもしれない。

父は落としどころを見つけたように、「それならまあ……」と言葉をにごした。

「……というわけでもしかしたら今日、父が来るかもしれません。なので、閉店時間まで残ってもいいですか？」

日曜日に出勤してすぐ、厨房《ちゅうぼう》にいた小林さんと緒方《おがた》さんに昨日のことを説明した。作業中の手を止め、小林さんが言った。

「ああ、いいぞ。きっちり働いてもらうけどな」

「もちろんです！　なんでも言ってください！」

「……ばてんなよ」

私が気合いを入れて返事すると苦笑された。確かに十八時まで残るのは初めて。父が私のバイト先に来るのもだけど、ちょっと心配。

「誕生日はいつ？」

そう聞いてくれたのは緒方さんだ。

「五月二日です」

「へえ、そうなんだ。ゴールデンウィークに入るとさ、誕生日のお祝いと子どもの日が兼ねられちゃいそう。僕の誕生日は八月二十二日。夏休み中だから友達に忘れられちゃうんだよねー」

溜息《ためいき》まじりに彼が言うが、私の興味は小林さんの誕生日に向かう。でも「仕事の内容しか聞かない」と宣誓したので聞けない。

そんな心情を察してくれたのか、緒方さんが続けた。

「ちなみに小林は八月二十三日。一日違いで覚えやすいでしょ？」

さっそく心のメモ帳に書きとめた。

着替えのために二階に上がり、十二星座相性占いのサイトへとアクセスする。五月二日のおうし座と、……八月二十三日っておとめ座なのか！　ちょっと意外。でもおとめ座の性格を見たら、「仕事人間」「面倒見がいい」「理想主義」と出てきたのでズバリ合っている気がする。

ドキドキして診断ボタンを押せば、恋愛相性がなんと八十パーセント超え！　頭の中で祝福の鐘が鳴り響き、天使がラッパを吹き鳴らす。とてもとても嬉しくて、この燃料だけで何時間だって働けそうな気がした。

着替えてから厨房に下りていくと、緒方さんから小さなアルバムを渡された。

「これがホールケーキの見本だから。一号が直径約三センチ。四号が二・三人分の目安で、十二人分の八号まで置いてる。それ以上は要相談」

季節限定商品もあって、きらきら輝くケーキたちにうっとりしてしまう。

「これ、すごく欲しいです。カタログ見るの大好きで」

「一点ものだから駄目。百ちゃんに今日はレジを教えようと思うんだけど、ケーキの名前と値段はわかってる？」

「大丈夫です！」

……たぶん、と心の中で付け足してしまう。緒方さんは優しく微笑《ほほえ》み、「わからないことあったらすぐ僕に言ってね」と言う。

「特に、使われている材料のこととか。誤って伝えると、最悪死ぬから」

過激なセリフにぎくりとした。

「ア、アレルギーですか？」

「そう、よく知ってるね。表示義務のある七品目があって、乳・卵・小麦・そば・落花生・えび・かに。よく見てもらうとわかるんだけど」

彼が言いながらカードスタンドを引き寄せた。

「乳・卵・小麦のこれですか？」

「うん。あと、そんなことはあまりないけど『どこ産の小麦を使ってますか？』と聞かれたことがある。そういう場合は百ちゃんが聞きに行って又聞きになるより、小林に説明してもらうほうが正確だから。僕の経験で言えば男性客によく聞かれるのはみっつ」

「待ってください、メモします」

慌ててポケットから取り出し、ペンを構えたのを見て緒方さんが言う。

「オススメは何？　一応一番の売れ行きは定番の苺《いちご》のショートケーキなんだけど、ショーケースの在庫を見て臨機応変に答えてね。『定番はこちらですけど、常連のお客様がお好きなのはこちらです』とかフルーツタルトなら『季節のフルーツを使った今だけの味です』とか言って」

「はい。……ふたつめは？」

「ワインに合うものは？　百ちゃんが未成年なのは見たらわかるから、『私《わたくし》ではわかりかねますので担当者に代わります』でオーケー」

ワタクシデハワカリカネマス……と呟《つぶや》きながら書く。慌てていたら噛《か》みそうだ。

「みっつめは、甘くないものはどれ？」

「洋菓子店に来てるのに？」

びっくりして思わず聞き返した。彼は笑って、

「家族のために買いに来たけど、自分は甘いもの好きじゃないって人がいるんだよ」

すぐに父の顔が浮かんだ。

「そういうときは、何を勧めればいいですか？」

「チーズケーキか、まあ甘いけど味が予想できるという意味ではシュークリームだね」

「はい。勉強になります」

「注文の個数が少ないお客様と百ちゃんのお父さんのときはレジを頼むからね。ちゃんとフォローするから安心して」

ウィンクとともに彼の太陽みたいな明るい笑顔につられ、私も笑ってしまう。

今日もお店は大盛況で、私がレジを担当できそうな個数のお客さんはいなかった。箱詰めに給仕にと忙しくしていると聞き覚えのある声がした。

「来たよ！　こばちゃん」

ぽっこりお腹《なか》とその呼び方。名前は確か……。

「いらっしゃいませ、高橋《たかはし》さん」

厨房から小林さんが出てきた。そうだ、高橋さん。今日は対照的に細いおじいさんを連れている。

「この人、ずっと世話になっている井戸《いど》さん。新入社員の誕生日ケーキにとびきりうまいやつを注文したいっていうから連れてきたよ。あと、いつものふたつね」

「かしこまりました」

小林さんが私を見やったので、ホールケーキの見本用アルバムを取り出す。すでに席についているふたりに見せに行った。

「ホールケーキのご注文見本はこちらです」

「あ、どうもどうも。……あれ？」

高橋さんが私を見て、何か言いたげにした。まずい。女店員だとばれてしまう。いや、小林さんだって「女だとばれても、見とがめられるようなことじゃない」と言っていたじゃないか。堂々としていればいい。とはいえ冷や汗が出た。

「……この前の？」

「そうなんです！　あのときはごちそうさまです！　あまりにおいしかったから、ぜひにと頼んでバイトさせてもらいました」

言葉尻を被せるように言う。自分でも不自然かと思った速さで、高橋さんもちょっとけおされたように驚きつつも、「そりゃあよかったね」と返ってくる。

「こばちゃんが怪我したって聞いたらね、心配だったから。そうでなくてもずっとひとりでいる店だったし、人が入ってくれたほうが安心するよ」

カカッと親しげに笑う。相変わらず優しいなあ。こういう人だから、新入社員にケーキを注文しようと思ういい人と知り合うんだろうか。

そう思って井戸さんを見ると、私が何時間でも見ていられる美しいケーキが載るアルバムをまったく見ていなかった。

高橋さんが気のよさそうなおじさんなら、井戸さんは少し偏屈そうなおじいさんといった印象。腕を組み、まるで周りを威嚇《いかく》するように顎《あご》を突き出した姿は日に焼けて皺《しわ》の多い肌も相まって、野生動物を彷彿《ほうふつ》とさせる。とまどいつつ聞いた。

「どういうケーキがいいんでしょうか……？」

「普通なんでええ」

「……普通とは？」

聞き返すとそれだけでギロリと睨《にら》まれる。

「普通は普通！　それぐらいわかるやろ！」

唾《つば》を飛ばし、威勢のよい関西弁でまくしたてられる。普通ってやっぱり定番の苺の生クリーム？

「……わかりました。サイズが選べまして、一番小さなものが……」

「一番大きいの。今週の土曜の十一時」

「え？」

慌ててメモ帳を取り出すとあからさまな溜息をつかれた。

「一番大きいの！　土曜！　十一時！」

テーブルを叩きながら怒鳴られ、面くらった。店内の空気も凍りついた気がする。高橋さんが「まあまあ」となだめに入ってくれた。

「新人さんなんだし、大目に見てあげて」

「甘やかすんが一番ようない！　厳しい言ったらんとわからんもんや」

また睨まれて体が固まる。何か言われるかと身構えた瞬間、目の前に大きな影が立ちふさがった。小林さんだ。

「お待たせしました。季節のヨーグルトパフェとホットコーヒーです。うちの従業員が何か失礼をいたしましたでしょうか？」

そう言いながら、小林さんが後ろ手で厨房を指さした。私を逃がそうとしてくれている。

彼が来た途端、井戸さんの勢いが弱くなった。

……私だからあんな態度を取ったんだ。

むっとして、まだ何か言いたげな井戸さんに頭を下げてから厨房に引っこむ。緒方さんが「大丈夫？」と聞いてくれた。

「……私、接客に向いてないかもしれません」

今になってドクドクと速まる鼓動で胸が痛い。頭は熱いぐらいなのに、やけに手足が冷えている。

見ず知らずの人に怒鳴られるのがあんなに怖いなんて、知らなかった。

「僕だって、そう思うことあるよ」

「え？　あんなにすごいのに？」

「男性の接客が向いてないなー。やる気が女性客の半分も出ないなーって」

「……それは、好き嫌いの問題じゃあ」

「そうかもね。けど『甘くないものがいい』なんて注文する人が一口食べた瞬間うまそうな顔するの、すごい達成感ある。……百ちゃんは思ったことない？」

「あります」

海君《かい》のお父さんが「うまい」って言ってくれたときがそうだった。『四月のスノーホワイトケーキ』は私の思い出のケーキだから小林さんの腕前だけでなく、私の母まで褒められた気がして嬉しかった。

「おいしそうに食べてる顔を見るのは好きです」

「じゃあさ、その気持ちで頑張ってみようよ。ここに来る人は全員、小林のケーキのファン。つまり百ちゃんの仲間だよ」

仲間。その言葉の響きが優しくて、ストンと胸に落ちた。

どんなに強面《こわもて》でも、実際怖くても、でも目当ては甘いケーキ。みんな、小林さんのケーキを食べたくてやって来ているんだ。

厨房に顔を覗《のぞ》かせた小林さんが言う。

「ケーキの注文受けたって？」

「はい。苺の生クリームケーキで、一番大きなサイズを今週の土曜日の十一時にだそうです。新入社員さんの、お誕生日ケーキです」

「プレートは？」

「あ、聞いてません」

言えた、と思った矢先だった。怒られるかと思ったのに小林さんは「わかった」とそれだけ言って、またフロアへ。すぐに鋭い声が響く。

「いい年して普通つけんやろ！」

私が聞かなかったせいで小林さんが怒られている。それが自分が怒鳴られたときよりもショックだ。罪悪感で胸がいっぱいになる。

戻ってきた小林さんに私が謝るより先に彼が小声で言った。

「悪いな」

「え？」

「こういう客が来ることは覚悟しているし、俺は慣れてる。けど、お前は初めてだろう？ここにいていいぞ」

思いがけない言葉に涙がこみあげそうになった。

変な言い方かもしれないけど、ずるい。いつも厳しいくせにこういうときに優しいなんて。こんな風に言われてしまったら、頑張ろうと思ってしまうじゃないか。

「いえ、大丈夫です！　私、お水を持っていきます」

水の入ったピッチャーを握り、フロアに出る前に心の中で静かに唱える。

みんな、小林さんのケーキのファン。怖くない！

それから笑顔で接客できたので、井戸さんに怒鳴られることもなかったし、他のお客さんにもちゃんと対応できたと思う。注文が三個だったお客さんのレジを担当したときだって、初めての割にスムーズにできた。

でも閉店時間になっても父は来なかった。

「ケーキの注文はお父さんに遅くても前日までにしてもらってね」

帰り際に緒方さんに念を押され、私は「わかりました」とうなずいた。けど内心、父への苛立《いらだ》ちがうずまいていた。

私が大切にしているショップカードを渡したのに来ないなんて。男性客限定だと言ったら「大丈夫か？」なんて言ったくせに。

家に帰ると、父はリビングでのんびりテレビを見ていた。

なんで来なかったの？　と言いかけ、母がキッチンにいることに気づいて喉《のど》にとどめる。私が責めたら、母がさらに父を責めるだろう。日曜日の夕方に父が家にいるなんてめったにないのに水を差したくない。

きっと次の土曜か日曜日にはケーキの注文に来る。そして私の覚束《おぼつか》ない接客を食卓の話題にするんだろう。

それはとても穏やかで、普通の家族団らんのように思える。

「あら、おかえり。どうしたの？　そんなところに突っ立って」

母が私に気づいて声をかけた。なんでもないというふうに私は笑う。

「ただいま。今日は閉店までいたから疲れたよ」

聞いているのかいないのか、父はテレビを見たままだった。

2

あっという間に一週間は過ぎ、小林さんとふたりの土曜日になった。ということはつまり開店早々、あの井戸さんがやってくるということだ。

いつもより緊張しながら掃除をしているとドアが開いた。材料を納品する業者さんかと思いきや、井戸さんだ。約束の十一時より十五分も早い。

「いいいいらっしゃいませ！」

慌てて厨房に飛びこむと小林さんはすでにケーキを完成させている。苺の赤と生クリームの白のコントラストが美しく、見ただけでほうっと心が華やぐ。

「箱に入れる前にこれでいいか確認してくれ」

「はい」

八号サイズとなるとそこそこ重い。両手で底を支えるように持ち上げ、慎重に、なおかつ気持ちは急いで井戸さんのもとへ。

「こ、こちらでよろしいですか？」

「ええ。ろうそくも氷もいらん。フォークもな。けど、つりはいるで」

今日は機嫌がよさそうで口が軽い。井戸さんは作業着姿で左胸ポケットには『井戸工務店』の刺繍《ししゆう》がある。

「社長さんなんですか？　ああ、だから新入社員さんをねぎらおうと？」

素敵ですね、と言いかけて井戸さんの剣幕を思い出し、うっと黙る。余計な口を聞くなって怒られる？　しかし意外にも彼は「せやで」と目元をほころばせた。

「うちは家族経営に毛が生えたようなもんやしな。これぐらいしたらな、給料は大手に負けてるからな」

　ポケットから出した裸の一万円札はしわくちゃで、彼の皺の多い指の爪が黒く汚れていた。朝の仕事をすでに終えたのかその合間に急いで来たのか。

　ホールケーキを丁寧に包んでいると急《せ》かされたけど、でも前回ほどは心臓が痛くならなかった。レジを済ませてホールケーキを渡し、明るい気持ちでドアを開けて見送る。

「ありがとうございます！」

　トラックの運転席に乗りこんだ井戸さんは応《こた》えるように窓から片手を出した。

　快晴の青空の下、白いトラックが走り出す姿がまるでロードムービーのように美しい光景だった……と終わるはずだった。


「どないなってんねん！　注文したもんと違うやないか！」

　お客さんの波が引いた十五時過ぎに井戸さんが顔を真っ赤にして怒鳴りこんできた。

　耳を疑った。だって、ちゃんと実物を見せて確認したのに注文と違うだなんて。

「あの、でもお見せしましたよね？　そしたら……」

「知らん！」

「え！」

言い切られて唖然《あぜん》とした。ほんの四時間前のできごとなのに？　こんなときの対処法を知らない。頭が真っ白になって固まっていると、背後から声がした。

「どの点がご要望にそえませんでしたか？」

凛《りん》とした小林さんの声だ。今日の井戸さんは小林さん相手に一歩も引かない。

「どの点がなんてよう言えるな？　常識で考えんか！」

「商品はお持ちでしょうか？」

「気ぃ悪くて捨てたわ！」

ふたりのやりとりは平行線だ。傍で聞いていて少しだけ頭が冷えた。これって言いがかりじゃないだろうか。

確認してもらったケーキを箱詰めしたのに「注文と違う」。しかもどう違うのかは言わない。ケーキも持ってこない。それに一番腹がたつのが、小林さんのケーキを捨てたことだ。私なんて食べたくても全然食べられていないのに！

「でも、ケーキを見せたときにはいいって……」

私が言うと、井戸さんに睨まれる。前はただ怖かったけど、理不尽なことを言われているとわかっているから怯《ひる》まない。

「高橋さんの顔を立ててりゃあいい気になりやがって。仕事もできひんくせに金ばっかとりやがる。店主が店主なら、バイトもなよなよした女くさい使えんガキ！」

女だけど、女くさいと言われるとむかっとする。言い返したいけど、小林さんの手前ぐっと我慢した。でも苛立ちが顔に出ていたのか、井戸さんが私に向かって手を振り上げた。

「なんやその目は！」

ぎょっとし、さけようとした瞬間に小林さんがその手を摑《つか》む。そのままショーケースの後ろからずいと前に出た。

「やるんか？」

摑まれた腕を振り払い、井戸さんが顎を突き上げて小林さんを見上げた。一触即発の空気にはらはらしていると、小林さんが長身を折って最敬礼した。

「ご希望にそえず、申し訳ございませんでした。記念日のケーキに当店を選んでいただいたことを感謝申し上げます。……しかし」

頭を上げた彼は真顔だった。接客中には見せない冷ややかさだ。

「ご満足いただけるケーキを私が作れなかったことと、うちの従業員への中傷は別件です」

「えっらそーに。誰のおかげで商売できてると思ってんのや！」

「お客様のご厚意とご理解によるものが大きいと。ゆえに、ご理解のないお客様は必要ありません」

「はあ？」

「あんたの言葉を借りるなら、ガキ相手に手を出そうとするようなジジイを相手にしなくてもうちはこれまでやってきたってことだよ。冷静に話す気がないなら、帰ってくれ」

がらりと口調がくだけ、威圧感を滲《にじ》ませる。それでも井戸さんは鼻の穴を膨らませ、肩をいからせた。

「ワシは紹介されて来とんのやぞ！」

井戸さんとこじれると高橋さんも来なくなる？　あの気のいい笑顔が曇るのは見たくない。でも小林さんには理不尽な言いがかりに屈してほしくなかった。

「……高橋様には誠心誠意お話しさせていただきます。商品を確認していただいてからお渡しした。これは確かなことです。改めてお聞きしたいのですが、異物混入の類《たぐい》ではないんですよね？」

淡々《たんたん》とした口調で問われ、井戸さんがぐっと声をつまらせる。劣勢に気づいたものの、でもそれを認めるのも悔しいようで、落ちつきなくちらちらと辺りを見回した。

「改めてお話を……」

「もうええ！　話にならん！」

そう言い捨てて出ていってしまう。小林さんがそれを追いかけ、その入れ違いでお客さんが入ってくる。名前は知らないが見覚えのあるジャージのおじさんがびっくりしたように「何かあったの？」と聞いてきた。

「いえ、その……」

「あっても言えないか。接客業は大変だよねえ。うちもねえ」

そこからコンビニのオーナーらしい彼の愚痴《ぐち》が始まった。話を聞いているうちに小林さんが戻ってくる。肩を落としていたのにお客さんを見つけると背筋を伸ばしたあたりさすがだ。

「いらっしゃいませ」

「やあ、店長。いやあ今、どこも大変だよねって話していたんだよね」

お客さんの話し相手は小林さんに引き継がれた。

無茶なことを言うお客さんはコンビニにもいるらしく、どこも同じかと思えばおかしな話だが少し救われる気がする。

自分が特別嫌な目にあったんじゃなくて、ありふれたことなんだって。

でもよくよく考えてみれば、とても怖い話だ。

まじめに接客しても言いがかりをつけてくる人が他にもいるなんて、どんな怪奇現象よりぞっとする。


いろいろあったので忘れていたけど、父は今日も来なかったと、閉店後に二階で着替えているときに気づいた。

小林さんや緒方さんにケーキの注文のことはすでに話しているから早く来てほしい。でも急かして、「行くつもりだったのに」なんてへそを曲げられたら困る。父に対しては、反抗期だった一昨年の弟よりも気を遣う。

階段を下りていくと、話し声が聞こえた。緒方さんにしては声がちょっと高い気がする?

「受け取ってくれないと困るっす!」

小柄ながらがっしりとした体つきの作業着姿の若い男性が、百貨店の紙袋を小林さんに押しつけようとしている。

「そうしていただく理由がありませんから」

「いやいやいや！　俺を助けると思って！　おなしゃっす！」

作業着の左胸ポケットには『井戸工務店　河野』の刺繍。彼が私に気づき、短く刈り上げた頭を下げた。

「さーせんしたっ！」

謝ってくれているけど、でもどこかやけっぽく聞こえる。それも当然だろう。彼は悪くないのだ。しかも私の推測が当たっていたら……。

「もしかして、河野《かわの》さんは今日お誕生日でした？」

そう尋ねると、ぱっと顔を上げた彼は目を丸くした。

「え、なんすか？　エスパーっすか？」

「いや、違います。名前は胸元の刺繍です。あと……井戸さんは注文したケーキを見て『いい』って言いました。でもあとになって『注文通りじゃない』って言いだしたのは、言い方は悪いですけど……ケーキに駄目だしした人がいるってことです。それができるのは主役の人だけじゃないかなあって……」

心底同情はしたものの、ついつい皮肉が口についた。

「うちのケーキが気に入らなかったとはいえ、上司の尻ぬぐいなんて大変ですね」

「いやいやいや！　違うんす！　そうじゃないす！」

彼はかぶりを振った。私にというより、小林さんに向かって慌てて弁解した。

「食べてないっすけど、うまそうでした。他のみんなはうまいうまいってがっついてて」

「でもお客様は食べなかったんですね？」

フロアの照明を落としているせいで小林さんの顔に影がかかっている。口元には笑みをたたえ、あくまで丁寧な口ぶりなのに、嵐の前触れを予感させる。

怯《おび》えた河野さんは言い迷うように額《ひたい》を押さえ、力なくその場に座りこんだ。そのまま深い溜息を吐き出す。

「もう、俺。どうしてこうなったんすかね……」

そんなつもりはなかったけれど、小林さんとふたりがかりでいじめてしまったようだ。

私と小林さんは無言で目を合わせ、片付けたテーブルと椅子《いす》をまたセッティングし直す。

「よかったら、お話を聞かせてください」

小林さんが言うと、河野さんはまた小さく溜息をつく。紙袋をテーブルに置き、疲れたような表情で椅子に座った。

「……ガキの頃から古い家でじいちゃんとばあちゃんと暮らしてたっす。家中ボロが来てるからよく工務店が出入りしてて、ムキムキの兄ちゃんが梯子《はしご》に登ってささっと雨樋《あまどい》直す姿とか、チビでヒョロかったからカッコイイなあって憧れちゃって」

え、そこから？　と驚いた。でも小林さんは先をうながすようにうなずく。

「高校出たらすぐに働こうと思ってたんすけど、でもじいちゃんが……俺が高校三年の秋に心臓手術することになってばたばたして。助かってよかったんすけど、その後もいろいろあって就職浪人っていうかフリーターっす。去年の冬に高校の担任と町でたまた会って、それで厳しい人だけど信頼できる人だからって紹介してもらったのが、井戸社長っす。口が達者なら腕前もすごくて。今も現役でひょいひょい屋根も上っちゃう人で。早く俺もそうなりてえなって思ってたら先月、副社長から……社長の娘さんすけど『好きなケーキある？』って聞かれてそれで生クリームが苦手だって言ったんす。先輩から『誕生日祝ってもらったら仲間入りした証拠だから』って聞いてたから、やったあ、俺の番だ！　って嬉しくって……」

そう言いながらも、彼の表情も声も沈んでいる。組んだ指先を見つめ、呟いた。

「……生クリームのケーキだったから、ショックだったたっす。俺が仕事できねえからってあてつけかよって。だからつい……社長に陰険ジジイって言っちゃったんすよね。カンカンになって出ていったと思ったら帰ってきてすぐに『謝りに行ってこい』ってここのカード渡されて。副社長が話を聞いてくれてやっと、ケーキ作ったのがここで、紹介してくれたのが社長の長年の取引先で？　面子《めんつ》を潰《つぶ》さねえように俺に謝れって」

井戸さんの行動の全貌《ぜんぼう》が見えてきたというのにやっぱり理解できない。

河野さんが生クリームが苦手だというのを忘れて注文し、それを店のせいにした。小林さんに矛盾《むじゅん》を指摘されたら、罪もない河野さんに謝りに行かせる。

「ひどいですね……」

それ以外にコメントのしようがなかった。

「もう辞めちまえって毎日言われて、嫌われてるんすかね……」

「わかります。私も井戸さんに怒鳴られて、接客向いてないのかなって思っちゃって……。あれが毎日続いたらと想像したら」

遠い目をして呟く彼に同意した。憧れの仕事と現実のギャップ。ふたりで溜息の輪唱《りんしょう》をしていると、小林さんが言った。

「すでにケーキの代金はいただいているので、この品物は受け取れません」

「けど、俺だって困るんす」

「……では店としてではなく、一個人として受け取ります。その代わり、誕生日祝いに焼きたてでしか味わえない一品をプレゼントさせてください」

三十分ほど待って出てきたのは、焼き色のついた表面がココットから浮かび上がったスフレだ。

ふわりと甘い香りが空気中を漂い、食べる前から涎《よだれ》が口の中にたまる。私の分も出してくれたけれど、河野さんが最初の一口を食べるまで我慢。しかし彼は未知の生物を見るようにスフレを見つめている。

「……これなんすか？」

「スフレです。メレンゲでふんわりと仕上げるデザートでフランス語で『膨らむ』という名前です。すぐにしぼむので出来立てのうちに」

「へー……、そのまんまの名前っすね」

興味なさげに呟き、スプーンをつきたてる。口に運んだ瞬間、表情が輝いた。

「やべえこれ、ふっかふか！」

「いただきます！」

たまらず私もスプーンを握る。粉砂糖をまとった表面にスプーンの先が沈み、白い湯気がしゅわっと浮かぶ。バニラビーンズの香りが濃くなって、それだけで期待が高まった。ふわふわを超えてふわんふわんのスフレはムースのようにキメ細かく、中に残った熱がねっとりとした口どけを生んだ。外側のわずかに焦げた部分がカリッとして、食感の違いが嬉しい。

しぼんでいくスフレと競うように一気に食べる。あっという間に空になったココットを河野さんが寂しげに見つめた。

「……店長さんって若くて店持ってイケメンで、こんなうまいもんを短時間で作れたら絶対モテるし、悩むとこなんてないっすよねぇ」

羨望《せんぼう》の溜息をつく彼に私もつられてうなずく。

「いえ、ありますよ」

「またまた。慰めようとしてテキトーなこと言ってるんすよね？」

河野さんが自虐的に笑うが、小林さんは静かにかぶりを振った。彼はためらうように言いよどんだものの、河野さんの「やっぱり人生イージーモードっすよねぇ」という呟きを聞いて語りだした。

「……開店当初はイートインをしていませんでした。忙しかったのもありますが、もっと味にこだわりたかったんです。手広いサービスは結局、全部が不完全になってしまう気がして。客足が伸び悩んでも、味さえよければなんとかなると思っていたときに井戸様の紹介者である高橋様に『若いのに余裕がないね』と笑われました。そして続けてこうおっしゃいました」

当時を思い出したのか、ふっと口元に笑みをこぼした。私がずっと見たかった優しい表情だ。

「『やりたくないことをやってみたら？』と。そんな提案をされたことがなかったので唖然としました。でも高橋様の人徳なのか、不思議と説得力があるんですよね。ですからイートインを始めました」

それがここだというように彼が両手を広げる。席数が少ないと思っていたけれど、あとから作ったからこの狭さなのか。

河野さんが身を乗り出すようにして聞いた。

「それでどうなったんすか？」

「イートインを始めたら、お客様の顔が見えるようになりました。自分の理想の味じゃなくて、お客様が喜ぶ味。そのおかげか、今では完売の日もあります」

だいぶ控えめな表現だ。私がアルバイトに入ってから完売の日しかない。

「ですから、向き不向きで悩むより、まったく別の視点で道が開けることもあるかもしれません」

小林さんの言葉は河野さんにだけ向かっているとは思えなかった。私へと、そして他でもない彼自身にも言い聞かせているように見える。

過去の話を聞けて嬉しいけれど、少し寂しい。彼が話すつもりになったのはあくまで河野さんのためだから。

私には「教える義理はない」と言ったのに、私が踏みこんでいけない領域を初めて会った河野さんには許すんだなあと思う。少しだけ傷ついたけど、でもそれが彼らしい。

注文通りのケーキにクレームをつけられても、その関係者に対してフォローする。私の白い苺のケーキのときだって、もしかしたらカードを盾にしなくても作ってくれていたんじゃないかとさえ思えてくる。

彼が優しい表情を浮かべるとき、それは誰かを思いやるときだから。


すっかり河野さんに懐かれた小林さんはふたりで飲みに行くらしい。未成年の私は先に帰らせてもらった。家につくと、母が玄関で出迎えた。

「遅い！　連絡ぐらいしなさい！」

「……ごめんなさい。忘れてた。空が明るかったし」

言い訳しながら母の横を抜け、キッチンへ。スフレはおいしかったけど量は少なかったのでやっぱりお腹はすいている。すでに弟が食べていて、私を見て笑った。

「おせーよ。酢豚のパイナップルは全部食った」

「別にそれはいいけどさ」

言い返しながら、ご飯をよそった。

「んもう、百ったら。あんたまだ話は終わってないのよ」

そう言いながらも母は味噌汁《みそしる》の鍋に火をつけた。食事は楽しく食べるという家族内の約束があるので、食事中の説教はなしだ。このままなし崩しになればいいなと思いながら席につく。

「いただきまーす」

手を合わせて箸《はし》を持って、ふと正面が空席だと気づいた。私の分の箸と箸置きは用意されていたのに父の分はない。今日は土曜日だし、帰ってこないんだろう。

四人そろわない食卓に気づくのが遅れたのは三人のほうが自然だったから。でもそれが一般家庭とは違うことを知っている。

何か、心の奥で引っかかる気がした。

はっと思いついて、慌てて小林さんに電話をかける。呼び出しを待つ間、自室に向かった。ほどなくして、騒がしい店内の音を背景にした彼の声が聞こえた。

「もしもし？」

「あ、すみません。百です。もしかしたら意味がないかもしれないですけど、でもすごく大切かもしれないことなんです」

「言ってみろ」

周りに負けないようにいつもより大きめの声で彼が言う。人によっては怒っているかと思うような声量だったけれど、でも私にとっては彼の許しが何よりも心強い。

黙っていてもけっして発覚しない、なかったことにできた私の失敗を打ち明ける勇気が出た。

「井戸さんは『普通のケーキ』って言いました。生クリームって言われませんでした。普通のケーキと言われて、私が勝手にそう思ってしまったんです。……すみません」

言いながら、どんどん不安になってくる。

本当に話すべきことだったんだろうか？　自分のいたらなさを披露しただけなんじゃないか。

ふいに電話の向こうの騒音がやんだ。トイレにでも入ったのか、クリアになった彼の声が問いかける。

「普通のケーキ？」

「はい、普通です」

「……よく思い出した。なぜ注文通りじゃないとおっしゃったのかわかった」

「本当ですか？」

びっくりした。それだけでわかるなんて、小林さんはすごい。でもこれで私のミスだったと決定的になった。無理を言って雇ってもらったというのに、役に立つどころか迷惑をかけてばかりだ。

「あとの対応は俺がする。心配するな」

ほっとして気が緩みかけ、きゅっと引き締め直した。

「対応って謝るってことですよね？　私もその場にいさせてください」

「責任者は俺だから。今後ミスしないようにしてくれたらいい」

本当のことを言えば、彼の言葉に甘えてしまいたい。大人同士の話し合いに首をつっこむのはよくないことだとわかっている。井戸さんにまた怒鳴られるかと思ったら、体がすくむ。

「俺が話したからか？　やりたくないことをやれって。でも今回のこれはさすがに……」

「違います！　そうじゃなくて……」

小林さんには見習いたいところがたくさんあるけれど、今日は違う。

「私はケーキを買うのが好きです。食べるのも好きですけど、選んで家に帰るまでが大好きです。味を想像して、わくわくするんです。ケーキを受け取りに来たときの井戸さんは機嫌がよさそうでした。きっと、河野さんが喜ぶ顔を想像して嬉しかったんです。……でも私のせいでその気持ちを台無しにしてしまったから」

私がそう言い募ると彼が小さく息を吐きだした。呆れた顔が脳裏に浮かぶ。でもそんな表情をするときの彼はけっして私を見捨てない。

「わかった。けど、俺のやり方に従ってもらうぞ」

「はい！」

待ってました！　とばかりに明るく返事すると彼が続けた。

「……覚悟しとけ」

そんな不穏なセリフを残して通話が切れた。

3

日曜日も十五時にはケーキが完売した。

緒方さんは用事があるらしく、そのすぐあとに帰ってしまい、私と小林さんふたりきりになったが彼は先ほどから電話中。昨日のことを聞くタイミングを見計らっているとほどなくして通話を終えた彼がズバリと言った。

「お前の親父《おやじ》さんは本当に来るのか？」

「う」

そっちの問題もあったか。

「河野が井戸社長をうちに連れてくると言っている。それが十八時前後。そのために仕込みをしたいんだが」

「……上で父に電話かけてきていいですか？」

「ああ」

二階に上がってスマートフォンで家に電話をかける。誰もでない。母とはＬＩＮＥで繋《つな》がっているけど父とはそうじゃないし、そもそもケータイの電話番号さえ知らない……。

なんでもインターネットで調べられる時代なのに、父への連絡手段がないなんて。何だか自分にがっかりして、一階に下りる。

「すみません、たぶん来ないです」

「じゃあお前の分のスポンジ生地を使ってもいいか？」

用意してもらえていたことを喜べばいいのか、転用されることを悲しむべきか。あるなら私の誕生日ケーキを作ってほしいと思いながら、聞いた。

「何に使うんですか？」

「普通のケーキを作るため」

「……使ってください」

そう答えるしかできなくて心で泣いた。


十八時になると、表のドアにかかっている馬の蹄鉄《ていてつ》をはずしに外に出た。近くで言い合う声が聞こえる。というか、一方的にまくしたてている。

「なんでワシがこないなとこに来なあかんねん！」

「だから、謝ってくれるって言ってるじゃないすか」

「それならあっちがうちに来るんが筋っちゅうもんや！」

白いトラックの助手席から断固として降りようとしない井戸さんと降ろそうとする河野さん。

駆け寄ると、ただでさえ怒りまくっていた井戸さんが私を見て、顔をさらに歪《ゆが》めた。血走った目で私を睨みつける。謝ろうと思っていたのにいざ目の前にすると怖い。ぐっと手の平を握りこみ、勢いよく頭を下げた。

「すみませんでした！」

「ふん！　いけすかん店主のおる店に行かんでも、どこでもケーキは食える」

怒鳴り声は、鼓膜だけじゃなくて肌まで震えるように感じる。私の身近にこんな人はいなかった。

不満を内に潜める母と、いないような父。

それに比べれば、井戸さんは何に怒っているのかわかりやすい。あてつけのように言った彼のセリフが私には追い風だった。

「でも、井戸さんが望むケーキを出せるのは小林さんだけだと思います。注文通りのケーキがそうじゃなくなった謎を知りたくないですか？　私は知りたいです」

「俺もそれ知りたいっす」

河野さんがまじめな顔でうなずいた。

「昨日は陰険って言っちゃったけどボケたって思ったたっす。社長は遠回しなことしそうにないし、そのほうがありえそうだし。けど兄貴……じゃねえ小林さんがそうじゃないみたいなことを言ってて。だから知りたいす。俺のためにもお願いします！」

思いのほか、小林さんに懐いたらしい。井戸さんはそれさえも苛立ったように顔をしかめた。舌打ちしながら作業着の胸ポケットから煙草《たばこ》とライターを取り出し、火をつける。

頬《ほお》がこけるほど深く吸い込み、ちりちりと火が燃えていく。真っ白な息を私たちに向かって吐き出した。なんて人だ。私が咳《せき》込んでいるとケタケタと笑いだした。

「あー、あほらし。ええ年してケーキで揉めるやなんて時間の無駄。河野もこんなことしてへんと仕事のひとつでも覚えぇや」

「けど、社長。俺、どうしても」

「こんなこと続けてられへん。サブイボ出て、かゆうなるわ。……せやから、さっさとすませよか。そこのけ」

首回りをポリポリ掻《か》くふりをしてから煙草を車内の灰皿に押しつけた。私たちがきょとんとしてる間にも、井戸さんはトラックから降りて店へと歩き出す。さっきはわかりやすいと思ったけど、やっぱり一癖あるおじいさんだ。

ドアの前で井戸さんが立ち止まり、両腕を組んだので私がドアを開けた。中では小林さんが深く頭を下げている。

「申し訳ございませんでした」

井戸さんは荒々しい鼻息をふんと吐き出す。

「わかればええんや」

「口頭で説明するよりは実際に食べていただくほうがより確実だと考え、ご用意いたしました。こちらが井戸様がご希望されたケーキです」

そう言ってテーブルの上のホールケーキを示した。河野さんが一番にそこに近寄り、がっかりと肩を落とす。

「やっぱり生クリームじゃないすか……。俺、苦手なんすけど……」

私も傍に行ってまじまじと観察した。前回のホールケーキとの違いは苺がのっていないことぐらい。今回はクリームで薔薇《ばら》の花を模《かたど》ったデコレーションがされている。

「苺以外に何が……あ！」

言いながら振りかえると、小林さんが刃渡りの長い包丁を握っていた。ほんの少しでも考えればケーキを切るためだとわかるけれど、そのビジュアルにぎょっとする。文句を言っていた河野さんはなおさらだったようでとっさに椅子を盾にした。

「兄貴すみませんす！　けど、でも、だって」

言いよどむ彼を無視して、まるで日本刀で紙を切るみたいにすっすっとカットする。八分の一にカットしたものをそれぞれ皿にのせた。断面を見れば、クリームだけをスポンジ生地に挟んだシンプルな構造だ。

一度厨房に引っこんだ小林さんは包丁を小さなろうそくに持ち替えて戻ってくると、ひとつのケーキに深々と突き刺した。

「井戸様は喫煙者ですよね？　ライターかマッチをお持ちでしたら、つけていただいてもよろしいですか？」

「なんでワシが」

「井戸様のご希望は誕生日ケーキでしたから。百、手拍子を」

「え、あ、はい！」

とまどいながら手拍子をすると、井戸さんが煩《わずら》わしそうにろうそくに火をつけた。小林さんが淡々と感情のこもらない声でお誕生日おめでとうの歌を歌いだす。いい声だったから余計シュールで、ちょっとした地獄絵図だった。

その場の空気にのまれたのか河野さんがしぶしぶ火を吹き消し、フォークを握る。見るのも嫌だというように目をつぶって食べた。ゆっくりと動いた口が止まる。

「……あれ？」

ぽかんとケーキを見てもう一口。首をかしげてもう一口。

その不思議そうな顔に引き寄せられるように私もフォークを持った。まるで解凍したてのようにクリームがやや固い。それに違和感を持ちつつ食べると、生クリームのふわりと軽い舌触りを想像していたのにずしりと重い。知っているようで初めての味だ。

「これ、……生クリームじゃないですよね？」

私の問いかけに小林さんがうなずいた。

「これはバタークリーム。バターにシロップや卵を足して作るバタークリームは保形性に優れていて作業効率がよく、日持ちもする。現在ではホールケーキの形で目にすることが少ないが、親に聞けば懐かしいというだろう。生クリームとバタークリームは見た目で区別がつきにくい。とくに知らない世代にとっては」

そこまで言ってから井戸さんを振りかえり、ケーキを差し出した。

「冷蔵ショーケースが普及しだす昭和三十年代まで日持ちするバタークリームのケーキが定番だったようです。井戸様はスイーツにあまり関心がないようですし、子ども時代に食べた味こそが『普通』だという認識でいらっしゃるかもしれないと思いいたりました。試食をお願いできませんか?」

はじめは手をつけようとしなかったけれど、みなの視線に耐えかねたように井戸さんが一口食べた。眉間に刻まれた深い皺が、ケーキの味を懐かしむように緩んだ。

「せや。……この味や」

「時間がかかり、申し訳ございません。すべては私の指導が行き届かなかったことが原因です」

小林さんが深く頭を下げる。私も慌てて隣に立ち、頭を下げた。

「私の思いこみのせいです。すみませんでした」

降り注ぐだろう罵声《ばせい》に身構える。けれどいくら待っても怒鳴り声は響かない。おそるおそる頭を上げた。井戸さんの視線の先、河野さんがむしゃむしゃと食べ続けている。

「河野、お前なあ」

「だって社長が俺に用意してくれたんすよね？　ちゃんと覚えててくれた。俺のことなんて嫌ってるって思ってたのに」

「なんでそんなあほなことを」

「顔見れば役立たず、向いてねえ、辞めちまえだし」

「そんなん、お前のことを思って言うたってんねや！」

苛々したように言う井戸さんに河野さんは椅子から立ち上がった。

「俺のためならなんで辞めろって言うんだよ！」

彼が体育会系敬語を抜かしたのは初めてだ。きっとそれは隠しようもない本音なんだ。

その真剣度に井戸さんさえ口をつぐんだ。

誤解が解けたと思ったら、またすれ違う。もちろん井戸さんの口が悪いのがいけない。本気じゃないとわかっていて普段はスルーできたとしても、心が弱ったときには響いてしまう。それが尊敬する相手の言葉ならなおさらだ。

「よろしかったらもうひとつ、ケーキをいかがですか？」

まるで空気を読まずに小林さんが言った。

「今食べていただいたのは懐かしさをイメージしましたが、次は現代をイメージしたものを。メレンゲを多く使用したバタークリームにフランボワーズのクリームを合わせることで爽《さわ》やかかつ濃厚に仕上げました」

てきぱきと新しいホールケーキを運んでくる。またあの包丁を取り出してカットし、クリームをふきんで拭きとろうとして、コックコートの袖口《そでぐち》につけてしまう。

「ああ、シマッター」

棒読みの呟きがわざとらしく聞こえる。

「職業柄、作業着であるコックコートはよく汚すんです。うちはまとめてクリーニングに出していますが、井戸様のところは？」

話を振られ、井戸さんがぶすっとしたまま答える。

「……社員が家で」

「なるほど。でしたら取り違えることもほぼないんでしょうね。そもそも名前入りですし。あれ？　どうして井戸様の作業着には会社名だけなのでしょうか？」

「経費削減や。刺繍するのも金かかるしな」

「おっしゃる通りです。合理的な井戸様は本心から辞めてしまえと思う従業員の名前を刺繍しませんよね」

その言葉にはっとして河野さんを振りかえった。

『誕生日祝ってもらったら仲間入りした証拠だから』

河野さんはそう言っていたけれど、証拠は目に見える形でずっと前からあった。店の名前に続けて刻む個人名。井戸さんと同じ雇用主である小林さんだからこそ、そこにあるエールに気づいた。

でもそれをそのまま口にすれば井戸さんは否定するだろうし、河野さんの心に届かない。あのわざとらしい動作は井戸さんから言葉を引き出すためだ。

河野さんはぷるぷると小刻みに肩を震わせる。刺繍ごと作業着の胸ポケットを摑んだ。

「社長！　俺、定年までこれ着るっす！」

バタークリームのついた唇で大口を開けて笑う。それを見た井戸さんは河野さんの頭をぺしりと叩いた。

「たく、お前はほんま情けない。おちおち引退できひんわ」

口調はきつく、顔をしかめている。それでもどこか嬉しそうに私には見えた。

懐かしのバタークリームケーキの残りは河野さんが引き取ることになり、包丁が入っているが手つかず（という表現も変だが）の現代のバタークリームケーキは私がまるまるもらえることになった。

白いトラックを見送ったあと、ふと思いついて小林さんに聞く。

「そういえば、覚悟しとけってどういう意味だったんですか？」

「それか。動物性生クリームは百グラムで約四百三十キロカロリーなのに対し、無塩バターは百グラムあたり約七百六十キロカロリー。しかもそれにグラニュー糖と卵を足すから総カロリーはいくらだと思う？　まあ糖質や脂質も気にすべきだが」

「……それ、食べる前に言います？」

珍しくあっさり種明かししてくれたのに聞くんじゃなかったと後悔した。

「じゃあ、ケーキは置いてくか？」

「持って帰ります。運動すればいいんです！」

月曜日の体育で持久走があることをありがたく思う日が来るとは思わなかった。小林さんはからかうように笑う。

「いい返事だな。次の土曜も懲《こ》りずに来いよ」

笑顔でそう言ってもらえるなんて、ある意味「お誕生日おめでとう」よりもレアかもしれない。

小林さんの作ったホールケーキを持って帰るのは二回目。しかも今回はまるまる一個。

家についたときには二十時を過ぎていた。バスの中で母にメッセージを送っていたけど、返事を見るのが怖くてスルーしている。

玄関に父の靴がなかった。

今日もいないらしい。

ダイニングテーブルにはひとり分の夕食が残してある。冷蔵庫にホールケーキを入れる場所を作っていると、背後から母の声がした。

「今日も遅かったわね。門限とか厳しく言いたくないけど、一度店長さんに相談を」

「……閉店時間まで残らせてもらってたの。お父さんがケーキの注文に来るかもしれないからって」

振りかえれば、母は話す猶予《ゆうよ》をくれるように黙っている。

「お父さん来なかったよ」

「……そういう人だから。口ばっかりで」

「お母さんがそう思っているのは知ってる。けど、何か理由があるかもしれないから聞いてみたい」

「いつも帰りは終電なのよ。百は明日も学校があるんだから、お母さんが聞いておくわ」

「ううん。直接話す」

「急にどうしたの?」

母の表情が曇る。とまどうというより、労《いたわ》ろうとしてくれているとわかった。私が傷つくのを恐れて、でもそう口にすることをためらっている。母の不安げな表情をまっすぐ見つめ返した。私の決意が固いと見とったようで、最後にはうなずいてくれた。

「お父さんに連絡しておくから、先にご飯食べなさい」


父が帰宅したのは二十三時過ぎ。リビングでうたた寝していると、足音ではっと目が覚めた。父は私を見て、一瞬だけばつが悪そうにしたけれどすぐに表情を引き締めた。

「話したいことって進路か? 明日も学校あるんだから遅くまで起きているんじゃない」

思いがけず母と同じことを言う。

「……お母さんが連絡してから、どうしてこんなに遅くなったの?」

「気づかなかったんだ。仕方ないだろ」

「話は進路じゃなくて、ケーキのこと。どうして注文に来てくれなかったの？」

するとと父は笑った。

「何かと思えば、ケーキ？　まったく、子どもだな。ちゃんと予約してあるよ。近所のケーキ屋でこんなでっかいやつ」

誇らしげに両手で丸を作る父に呆れてしまった。

「祥《しょう》が頼んだのは私のバイト先のケーキだよ」

「けど、土日だけの営業だろ？　ケーキ屋のケーキって賞味期限は当日だから、明日食えないし。それに……親がバイト先に行くと百が気まずい思いするだろ？」

思春期の娘の繊細さをわかっていると言いたげだった。

待っていてよかった。父には父の言い分があるってわかったから。けれど、その気遣いはまったくの見当違いだ。

私の優先事項は『小林さんが作った』誕生日ケーキ。

でも父の優先事項は『誕生日ケーキ』。

そういえば、子どものときの誕生日プレゼントでも似たようなことがあった。私はリカちゃん人形が欲しかったのに父が買ってきたのは別の人形。ドールハウス付きだと自慢したが、母は人形の違いに気づいた。両親が言い合いを始めたから、私はとっさに無理に笑ったのだ。

「ありがとう、お父さん。こういうのが欲しかったんだ」

でもあのとき、弟はプレゼントのミニカーの箱を開けさえもしなかった。かたくなに「これじゃない」と言い張った。

今年の誕生日にプレゼントのリクエストをしなかった私たちを父は「欲がない」と言っていたけれど、それって本当にいいこと？　ただ諦《あきら》め癖がついただけじゃないだろうか。

ねだっても本当に欲しいものは与えられないから。

「……どうして祥が私のバイト先のケーキを私じゃなくてお父さんに買ってくるように頼んだと思う？」

「そりゃあ、大きいケーキをねだるためだろ」

私や母にわかることが父にはわからない。それを指摘するのは父を責めるみたいで罪悪感を抱く。

けれど、本心を伝えることはけっして悪いことじゃない。お互いを思いやっても、すれ違ってしまった井戸さんと河野さんにそのことを学んだ。

わかりあえないのは、当たり前なんだ。家族とはいえ、生まれや育ちも年齢も性別も違うんだから。

知らないうちにうつむいていた顔を上げる。

「違うよ。お父さんに私が頑張ってるって伝えたかったんだよ。私は祥みたいに進学校に行ってないし、部活で賞も取ってない。けど祥はそのことで私をバカにしない。……うちの中で一番家族のことをどうにかしようと思っているのは、祥だと思う」

得意げだった父から表情が消える。悲しげに眉尻を下げて呟いた。

「……『あなたは優しいけど、優しくない』って、昔お母さんに言われたよ」

「どういう意味？」

「相手がしてほしいことをするんじゃなくて、俺がしてやりたいことをする優しさだってさ」

父は自嘲《じちょう》的に笑ってから声を潜めて聞いてきた。

「百はその……。成績のこととか部活のこととか気にしてたのか？　祥と区別するようなことを俺は言ったことないだろう？」

「……お父さんは言わないけど」

「じゃあ、お母さんが？」

ぴくりと父の眉が上がった。声がワントーン低くなる。私は慌ててかぶりを振る。

「おばあちゃん。……お父さんはおばあちゃんと同じ気持ちでいるんだと思ってた。だって……」

その先は言いづらかった。でも今日言わなくては。

まだ進路は決まっていないけど、でも高校を卒業したら私はこの家を出るだろう。そしたら今よりもっと父と疎遠になる。

自分が傷つかないために物わかりがいいふりをして諦めて、それが大人になることだと言い聞かせる。今までがそうだったようにそんな未来が目に見えていた。

『あのとき、ああ言っていれば』なんて思う大人にはなりたくない。

「お父さんにとっての家族は、おばあちゃんたちだと思ってた」

父は驚いたように息をのんだ。顎が震えだし、怒りの前触れかと思って身構える。しかし急に首の後ろをがしがしと掻きむしった。その動きが止まったかと思えば、絞り出すような声で呟く。

「……おふくろとうまくやるのがお母さんのためだと思っていたんだ……。俺がおふくろをよくしてたら、みんなでまた仲良くできるって」

小さな声にもかかわらず、父の言葉が頭の中でこだました。

父は父のやり方で母を守ろうとしていた。いやそもそも祖母だって母を攻撃しようとは思っていなかったはずだ。私にケーキを食べさせたのは祖母なりに私の卵アレルギーを治そうとした行動だった。

守ろうという思いが一緒でも、やり方次第で結果はこうも変わってしまう。

「……そのことをお母さんに言ってあげて」

父の本心を知って、驚きはしたけど感動はしなかった。母に嫌われていないと知ったときは泣いたのに。

きっとこれが父と私の心の距離だ。

父のことは嫌いじゃない。でも好きでもない。だって知らないから。

「そうする。……百にも悪かった。誕生日を過ぎるけど、今週の土曜日には必ず行く。祥にケーキは何がいいか聞かなきゃな」

父の視線が弟の部屋がある二階へと動く。ケーキで思い出した。

「ケーキならあるよ。今日もらったの」

冷蔵庫からホールケーキを取り出した。改めて断面を見たら、スポンジ生地を内側から外側へと巻きつけて作ったようでフランボワーズのクリームが等間隔の縦じまになっている。記念に写真を撮っていると弟がキッチンに来た。

父が母をつれてきたのはそれから十分後だ。ふたりで何か話したんだろう。母は目を潤ませながら私に向かって小さく微笑んだ。

夜中に家族四人、寝間着姿でケーキを囲む。ちょっとおかしな光景だけれど、悪くない感じだ。

「中がフランボワーズのクリームで外がバタークリームなんだよ」

「バタークリームか！　懐かしいな」

「今もやってる所があるのねえ」

しみじみと語り合う父と母に驚いた。小林さんは確かに親なら懐かしいと言っていたけど、それが私の親だとは思っていなかった。

「食べたことあるの？　私は今日初めて知ったよ？」

「昔からやっている町のケーキ屋さんだとバタークリームだったのよ」

母がそう答えて一口食べた。

「ああ、この味よ」

「そうか？　昔はもっと甘ったるくて脂《あぶら》っこさが鼻についたが、これはうまい」

「俺はもっと甘くてもいいかも」

みんな感想がばらばらだ。それぞれが同意を求めて私を見てくる。少し緊張して、口に運ぶ。

……ああ。いい。すごくいい。

店でバタークリームケーキを食べたときは想像した味と実際の味の違和感が強くて、おいしいとは思わなかった。

でも心の準備ができていたのと、小林さんいわくメレンゲを多く使ったせいか随分印象が違う。口に入れるとすーっとバタークリームがとけた。しかもフランボワーズのクリームは生クリームをベースにしていて、バターの脂っぽさを果実の酸味がさらっていく。しっとりしたスポンジ生地と相性がよくて、どことなく上品な大人向けの味だ。

小林さんのケーキを食べるとおいしいと思うより先にしあわせな充実感が体の内側からあふれでてくる。余韻《よいん》に浸っていると、横から弟がケーキにフォークを伸ばそうとした。

「祥！」

「食べないならいいじゃん。それに俺がリクエストした誕生日プレゼントだろ」

「私がもらったケーキだし」

「でもほら。あれ見て」

弟が指さしたけど、そうやってケーキを奪うつもりなんだと思った。でも母が「……あ」と和らいだ声を出す。

「百と祥の誕生日ね」

つられて私も時計を見た。二十四時を回っている。その視界の端で弟がケーキを一口さらっていった。

　十七歳になって一番にすることがそれか、と呆れる。でもそれぐらい小林さんのケーキを気に入ってくれたと思うことにする。弟に張り合ってむきになるのは十六歳までで充分だ。

「このケーキは本当においしい。夜中だけど、お母さんコーヒー飲もうかな」

「あ、俺も淹《い》れて」

　席を立った母に父が声をかける。

「はいはい。砂糖なしね」

「そうそう。クリームはありで」

　そんな自然なやりとりが新鮮だった。まるで長年連れ添った夫婦みたいで、実際そうなんだけれども、うちでは長いことなかった会話だ。でもそれを口に出したら、和《なご》やかな空気を壊しそうで黙ってケーキの続きを食べる。

　顔を上げると父と目が合った。前に夕飯を食べたときは目も合わないうちから落ちつかず、目を伏せてしまったけれど、今日は違う。接客で鍛えられた笑顔を浮かべた。

　父相手だと思うから、心のハードルが上がるのだ。すぐには打ち解けられないし、気まずく思う自分を許そう。先入観でわかったふりをするのが一番よくない。

たとえば、甘いものが好きじゃない父はケーキに興味がない、とか。

「お父さんの子ども時代のケーキの話をもっと聞きたいな」

そうねだると父は「どうだったかなあ」と首をかしげつつも話し始めた。あやふやな記憶を母がフォローする。

話のメインはケーキというより当時のおやつになっていったけれど、でもふたりの掛け合いを見ているのは嬉しかった。

おいしい記憶は心の架け橋《かはし》になる。

懐かしの味を作るだけでは満足せず、小林さんが現代のバタークリームケーキを作ったのはそういう意味があるんじゃないだろうか。生クリームが苦手だという河野さんでも食べやすく改良した、世界でひとつの特別なケーキ。結果的に狙いとはそれてしまったけれど、うちの家族をつなぐきっかけになった。

井戸さんに理不尽に怒られたと思ったとき、接客が怖くなったし、大人になるのも不安になった。でも世の中で一番怖いのは無関心でいること。

ケーキやスイーツの話なら、私はいくらでも興味をもって聞いていられる。まずはそこから始めよう。

家族に会話が生まれ、私は願い事の半分である『小林さんが作った誕生日ケーキ』の夢が叶《かな》った。

いいことずくめのしあわせな夜は更《ふ》けていく。怖いのは体重計ばかりだ。

四皿め

ウエディングケーキ

Bienvenue à la Pâtisserie Intime!

1

十七歳の誕生日の夜に小林《こばやし》さんからＬＩＮＥでメッセージが届いた。てっきり『お誕生日おめでとう』の言葉かと思いきや、現実は厳しい。

『次の土日は来なくていい』

『というか、完治したので今後も来なくていい』

『給料を振りこむから口座番号を教えろ』

次々と届くメッセージたちがぐさぐさと心に突き刺さる。

小林さんの怪我《けが》が治るまでという約束で無理を言って雇ってもらっていたけれど、でもこんな一方的な終わりだとは……。

返信を打とうとして、指が迷った。

そうですか、わかりました、ありがとうございます？

当たりさわりのない言葉が頭をよぎる。考えがまとまらないまま、小林さんに電話をかけた。

「こんばんは、百《もも》です。ＬＩＮＥ見ました。えっと……」

そこから誕生日ケーキを注文に来なかった父とはずっと不仲だったこと、ケーキをきっかけに話し合ったことと、私の頑張りを見にアルバイト先に来たいと言っていたことを話した。

家の事情を、しかも不仲なことを言うときってどうしても緊張する。

父を悪く言いすぎていないか。自分をよく見せようとしてないか。こんな話をして、小林さんに変な気を遣わせてしまうんじゃないか。

でも思いを伝えないまますれ違ってしまう怖さを知っていたから、正直になった。

「……厚かましいお願いですが、もう一日だけでも働かせてください。その日の分のバイト代はいりません。それに今までの分だって、私は迷惑をかけたぐらいで」

「事情があるなら、来週の土曜日に来てくれ。以前にも言ったが、ただ働きさせるぐらいなら雇わない」

「でも」

「給料は遊びに使わず、社会勉強に使え。せっかく接客を覚えたんだから、一流パティスリーで技術を学ぶとか。お前が今後何を目指すかは知らないが役立つこともあるだろう」

うむを言わせない口ぶりだった。

まったくもって付け入る隙《すき》もなく、私の最後のアルバイトの日が決まってしまう。

楽しいはずのゴールデンウィークが小林さんとの別れの日のカウントダウンに変わってしまった。

憂《うれ》えることは私生活だけじゃない。ゴールデンウィークが終われば、中間試験が見えてくる。梅雨《つゆ》入りは随分と先なのに、教室に気怠《けだる》い空気が漂っているのはそのせいだろう。進路に向けてクラス編成がされた二年になってから初めての試験となれば、休み時間でも教科書を開く生徒がちらほらいる。でもそんな中で私はフランス菓子図鑑を開いた。

「百ちゃんは余裕だねえ」

志保《しほ》は呆《あき》れたように言うけれど、再来週の中間試験よりも絶対失敗できない土曜日のほうが大事だ。

当日はアルバイト初日よりもドキドキして店のドアを開けた。

「おはようございます！」

意識的に大きな声で言った。でも小林さんはいつもと変わった様子もなく、「おはよ」とだけ返してくる。

私にとって特別な今日が、彼にとってはただの一日。

優しい言葉を待っていたわけじゃないけど少し落ちこんだ。でも階段を上がろうとしたら呼び止められた。

先週の土日で人手不足を痛感したとか？　もっと働いてほしいとか？　そんな淡い期待をして振り向く。

「なんですか？」

「タイムカードの空欄に銀行名と口座番号を書いておいてくれ」

「……はい」

再び重い足取りで階段を上がり、五月用のほぼ白いタイムカードに口座番号を書きこんだ。

なんだろうなあ。

賃金未払いのニュースを聞くし、それに比べれば私はすごく恵まれた環境だとわかっているんだけれど、これって手切れ金みたい。小林さんといて楽しかった思い出とか感謝の気持ちとか、そういうのが全部お金に書き換えられてしまったようで寂しい。

それでも白いコックコートに着替え、帽子を被ると意識が切り替わる。

今日活躍すれば、今後も来てほしいと言ってもらえるかもしれない。

いつも以上にテキパキと動き、開店準備をする。前回から間が開いてしまったけれどイメージトレーニングはばっちりで、レジも接客もうまくできた。

父が店に来たのは、私が前もって言っていた十三時過ぎだ。お客さんの波が引き、数は多くないけれど一通りのケーキが残っている時間帯。自信なさげにドアを開け、私を見つけた途端ほっとしたように笑った。ショーケースの前に立ち、ケーキをじっと見つめてから顔を寄せ、こっそりと聞いてきた。

「オススメは？　っていうか、どれがいい？」

「えっと……」

店員として答えるべきか、娘として答えるべきか言葉遣いに一瞬迷う。ショーケースのラインナップをちらりと見ると他のケーキよりオペラが多く残っている。

「オペラです。チョコレートで覆われた見た目が甘そうですが、コーヒーのシロップが染みたほろ苦いスポンジ生地にガナッシュとバタークリームが層になっていて、フランスの伝統の味です。大人の男性向きだと思います」

休み時間に学んでいた成果が出てすらすらと言えた。小林さんの作るケーキはおいしいし、全部が全部売りになるポイントがある。彼への信頼があるので、自信を持って売れる。

「じゃあ、それで。あと……」

父はそう言って、残り全部をさらっていく勢いで注文した。

無理しないで、と止めるべきかもしれない。でも小林さんのケーキがこんなに食べられるなんて夢みたいで笑顔でレジを打つ。金額に父が目を見はったが、私はいそいそと箱詰めした。

大量注文が厨房《ちゅうぼう》にも聞こえたのか、小林さんが出てきた。父を見て柔らかい笑顔を作った。

「あ。もしかして……」

「百の父です」

「ああ、やっぱり。目元がそっくりですね」

え、そうなの？　びっくりして振りかえると、父が照れたように頭を掻《か》いた。

「そうなんですよ！　赤ん坊のときもそう言われたんです。鼻は嫁さんに似てて、良かったねえなんて」

表情がひときわ明るくなった。私よりも小林さんのほうが父の心を摑《つか》んでいる気がする。

「今日は何でいらっしゃったんですか？　お車で？」

「ええ、車で。コインパーキングを探して少し迷っちゃいました」

「そうですか。牧野《まきの》さん、お車までお見送りして」

その言葉に先に反応したのは父だ。

「いやいやいや。バイトとはいえ、仕事中にそんな」

「いえいえ。こんなに買っていただいたんですから。お客様のお手伝いをするのも仕事ですし」

結局私が箱詰めしたケーキを持ち、父とふたりでコインパーキングまで歩いた。その道のりはやっぱり会話がなかった。

今日買ってくれたケーキの説明でもしようかと思っていたそのとき、前を歩いていた父がまるで独り言のように呟《つぶや》いた。

「この辺、懐かしいな」

「うん。幼稚園の頃、住んでたよね」

「あの頃は毎日残業続きで帰れなくて。お母さんが転職してって言ってくれなきゃ、どうなってたか……」

「……そんな話初めて聞いた」

ここから引っ越したのはちょうど、祖母が私に弟のケーキを食べさせたすぐあとだ。祖母と距離を取りたがった母のためにそうしたのだと思っていた。

今まで家庭内のトラブルしか私は見えていなかったけれど、父は父で別のトラブルも抱えていたみたいだ。

「子どもに言えないだろ」

父は強がるように笑った声で言った。でもその後ろ姿が急に頼りなく見えてくる。ケーキをかばいながら駆け足になって、父の横に並んだ。

「これからは言ってよ」

少しでも大人らしく見えるように私は背筋を伸ばし、父を見上げた。父は少し驚いたようにまじまじと私を見返してから、ふと笑った。

「お母さんに似て良かった」

父が私の歩調に合わせ始めていると気づいた。それからまた黙ってしまったけど、気まずいどころか今度はなんだか照れくさい。

父を見送り、店に戻るとドアにかかっていた馬の蹄鉄《ていてつ》がなくなっていた。完売したらしい。小林さんはすでに厨房の掃除をしていた。

「父のこと、ありがとうございました」

「こちらこそ、大量購入ありがとう」

「私と父って本当に似てます？」

「似てる似てる。目がふたつあるところがそっくり」

リップサービスだったのか。呆れるような、ほっとするような。

「もう上がっていいぞ」

「フロアの掃除がまだですよ?」

「早く帰って、家族団らんを楽しめよ」

少し迷ったけれど、小林さんは頑固だし、一度言いだしたら聞かない。気を遣ってもらっていることはわかるのに、もう少しだけ続くと思っていた彼との時間が終わるのが悲しかった。

のろのろと階段を上がり、タイムカードを押す。以前は大人への一歩だと思ったその音が今は機械的にしか聞こえない。

着替えてから鞄《かばん》とタイムカードを持って下りると、小林さんが床を磨きながら口笛を吹いていた。すごく機嫌がよさそうで、その理由が私が辞めるからだと思えばむっとした。

「小林さん。口座番号書いたので、確認してもらっていいですか?」

鍛え上げられた接客スマイルを浮かべつつ、タイムカードを差し出した。彼はなんの疑いもなく手を伸ばす。引っぱる力に抵抗し、ぐっと力をこめた。

「……おい」

「社会勉強に使えって言いましたけど、何を学ぶべきか全然わかりません。どっか連れてってください。見るべきポイントを教えてください」

お世話になりましたとか、ありがとうございますとか。

本来言うべき言葉はあるだろうし、考えていたけれど。

でも、どうせ今日で最後ならとことん甘えてしまえと心の中の悪魔が私を誘惑した。

彼は呆れたように言う。

「お前なあ。言っとくけど、こんなの脅しにもならんぞ」

「そうですよね！　賃金未払いなんて、店にとって全然マイナス要因にならないですもんね！　私は子どもだし、労働基準法とかわからないから大丈夫です」

「わからないやつはそんなこと言わない。それに行くとしたら土日は無理だ。お前は平日学校だろ」

「十七時からならどこでも行けます！」

話している間もタイムカードを引く力を緩めない。彼は片手で私は両手。腕がプルプルと震えだし、今にも破けるんじゃないかとひやひやする。

「ゆっくりと手を離せ」

「嫌です」

「無理に取りあげたらお前が怪我するだろ」

「そ、そんなこと言ってもほだされませんよ」

うっかり納得しかけたけれど、慌てて言い返した。彼は顔をそむけ、小さく息をつく。

沈黙が続けば続くほど、罪悪感が胸に広がっていった。

恩人に対して、私は何をしているんだろう？

素直に「最後の思い出にデートに連れてってください」と可愛《かわい》く言えばいいのに。でもそれが言えたら、苦労しないんだよね……。

やがて彼がぽつりと言った。

「店も時間も俺が指定していいんだな？」

「はい！」

彼は私の目を覗《のぞ》き、念を押す。私はコクコクとうなずき、力が緩んだ隙にタイムカードを引き抜かれた。途端に彼は高圧的にニヤリと笑う。

「いいのか？　手放して」

「はい！　だって小林さんは私に嘘《うそ》をつかないですから！」

心からの笑顔で返すと彼は驚いた顔をした。

「……あとでまた連絡する」

「待ってます！」

元気よくおじぎして、彼の気が変わらないうちに店を出ようとした。でも思い直して振りかえり、フロアをぐるりと見回した。小林さんとはまた会えても、ここに来るのは最後なんだ。感傷がこみあげ、胸と目頭がジンと熱くなる。

そんな私とは裏腹に、厨房からデッキブラシで床を磨く音が聞こえてきた。明日も営業がある彼にとって、今日はただの土曜日だ。今朝はそれが寂しかったのに、今は少し意味合いが違う。

彼と過ごした時間が彼にとっては日常でも、私にとっては特別だったことに変わりはない。うっかり泣きだしてしまいそうで、すんと鼻をすすった。

「ありがとうございました！」

返事を期待せずにおじぎして、今度こそ店を出た。

これからどんな人生を送るかわからないけれど、ここでの一カ月はかけがえのない経験だ。

彼が私の前で猫を被らないことがどんなに嬉《うれ》しかったか彼は知らないだろうし、教えることだってない。私だけの思い出として大切にとっておきたいから。

小林さんのケーキに思いをはせて帰宅すると、なんと父がいなかった。もちろんケーキもない。

「お母さん！　ケーキは？」

「ケーキ？」

母がきょとんとしたので、父に呆れた。まさか祖母のところに行ったとか？　この間、あれだけ話し合ったのに？

「……お父さんのケータイ番号教えて」

怒りに震えながら、母から教わった番号に電話をかける。父はいぶかしげに「もしもし？」と出た。

「百です。今どこにいるんですか？」

言いながら、この言い方は母似だと思う。

「なんだ、百か。おふくろの家に……」

「なんで？」

「そりゃあ、お前の頑張りをおふくろにも教えようと思ってさ」

父は誇らしげに言うので脱力した。父の言い分もわからなくはないが、でもそれとこれとは話が別だ。

「……元は、祥《しょう》の誕生日プレゼントのリクエストだったよね？　私のバイト姿を見るだけじゃなくて、プレゼントのやり直しにケーキを買ってくれたと思ったし、そういう話になってたよね？」

感情的にならないよう、慎重に言葉を選んでゆっくりと言う。電話口でも父が息をのんだのはわかった。

「わ、悪かった。まだ残ってるから、持って帰るよ。あとオペラうまかったから！」

そう言って勝手に切ってしまった。父とは最近まで接してこなかったし、何を話していいのかわからなかった。でもいざ話してみると考え方が予想外すぎて、どんどん父がわからなくなっていく。

『優しいけど優しくない』『悪意がないことはわかっている』

父と祖母に対して言った母の言葉が思い出される。優しい人はいい人なんだと思っていた。けれど優しさと相手を思いやることはまた別みたいだ。

「お母さんって大変だったんだね……」

電話の流れも説明せずに私が言うと、母は訳知り顔でうなずいた。

「結婚は忍耐なのよ」

今まで聞いたどの言葉より、重く感じた。

2

夜には小林さんから集合場所と時間が送られてきた。慌てて志保と相談して、制服でも野暮ったくならない着こなしを考えた。

胸元に校章が縫いつけられているのが可愛くないので薄手のニットを着る。いつもは足長効果を期待してミニ丈にショートソックスを合わせているけれど、黒タイツで清楚《せいそ》系を目指すことで決まった。

詳しい話もしないうちに一緒に悩んでくれる親友がいてよかったと思っていると、

「誰のために可愛くしたかったのか、今度聞かせてね」

とからかわれる。

誰のためと問われれば、もちろん自分のためだ。小林さんと店の外で会う自信が出るように可愛くなりたい。

約束の月曜日は一日中落ちつかなかった。早く放課後になってほしいようなそうじゃないような。

集合場所である地下鉄の駅前に立ち、そわそわと辺りを見回した。なんとなくのイメージで、小林さんは待ち合わせ時間より前に来そうだと思ったけれど、五分前になっても来ない。

　何かあったのかな？　と不安になり始めたそのとき、テーラードジャケットを着た遠目にもすらりと長身の男性が見えた。小林さんだ。シンプルなカットソーとチノパンを合わせ、いつもはサイドに流している前髪を下ろしている。鋭い印象が少し和らぎ、大学生に見えなくもない。

　彼は急ぐことなく、ゆったりとした足取りでやって来た。私を探すように視線を動かす彼をドキドキして見つめる。

　彼が私を見つけられない距離でも、私は彼を見つけられる。

　外見が際立って目立つからという理由もあるにしろ、それってすごいことのような気がする。

　それまで泳がせていた彼の視線が私を見つけて止まった。あ、と思って私が軽く手を挙げると彼は何か思うところがあるように口元に手をあて、うつむきがちにこっちに来る。

なんだろう？　もしかして今日の着こなしが可愛いって思ってくれたとか？

　わくわくしていると私の目の前に来た彼がぼそりと言った。

「……そうだよな、制服で来るよな。援助交際のおっさんと間違えられそうだから離れて歩いてくれるか？」

ひゅんと熱が冷める。

「おっさんっていうほどの年齢なんですか？」

「二十八」

「なんだ。見た目通りじゃないですか。お兄さんですよ」

少しほっとした。四十とか言われたら父の年齢に近くなるけど、二十代ならまだまだ。

でも彼は私の言葉を信用していないように眉をひそめた。

「お世辞はいい」

「言わないですよ、そんなの」

前から思っていたけれど、こんなにカッコイイのにどうして自己評価が低いんだろう？

まあ、自信満々な人よりは好感が持てるけど。

「どこに行く予定ですか？」

「七駅先の『パティスリーPrincess』」

ホームページで見た彼の美しい姉弟子《でし》の顔が浮かんだ。私の笑顔が固まったことに彼は気づかず、歩き出す。券売機で私の分の切符も買ってくれたので、払おうとしたら断られた。

「だって、私が無理に誘ったんですから小林さんの分も払いますよ」

「……この間誕生日だったろ。その分と思って受け取っとけ」

そう言われてしまうとうなずくしかなくなる。記念に残しておけるものだったらよかったのにな、と思いつつ切符を受け取った。

『パティスリーPrincess』は駅から徒歩五分。アミューズメント施設や人気店が多く立ち並ぶ繁華街にある商店街のアーケードにあった。ケーキのショーケースが道路側に面して置かれていて、鮮やかな彩《いろど》りに思わず立ち止まって見てしまう。

「ケーキは生ものだから気温に影響されやすい。直射日光を避けるアーケード内だからできる展示だな」

そうコメントして、小林さんが店に入った。ショーケースに未練を残しながら追う。

イートインスペースを広くとった店内はほぼ女性客で埋まっていた。夕方だからか、高校生や大学生といった若い女性が多い。

清潔感のあるギャルソン風の制服を着た店員さんに案内されて席につく。メニューに載っている全部がおいしそうで目移りした。五分ぐらい迷ってから、すでに何を頼むか決まっていそうな小林さんに聞いてみた。

「オススメはなんですか?」

「ミルフィーユだな。イートインの場合、注文を受けてから組み立てている」

おいしそうだけど、ミルフィーユってすごく食べにくいんだよね。パイがぽろぽろとこぼれてしまうし。

でも小林さんも注文するだろうから彼をお手本にして食べればいいか。よし、決まった。顔を上げて店員さんを探すと、すぐにテーブルに来てくれた。

「ご注文はお決まりでしょうか？」

「私、ミルフィーユとアイスティーのレモンでお願いします」

「さくらんぼのタルトとホットコーヒーを」

「ええ？」

びっくりして思わず声が出た。しかし小林さんは涼しい顔で「以上で」と店員さんにメニューを渡した。店員さんが会釈《えしゃく》して去ったあと、小声で文句を言った。

「オススメはミルフィーユなんですよね？」

「間違いなくうまい。だが新鮮なさくらんぼが出回るのは短い期間だし、季節商品はチェックしたい。俺がまだ食べていない商品は勧められない」

正論の気はするけれど、でも彼の場合は悪意だ。私のリアクションを楽しんでいるんじゃないかと疑ってしまう。

ほどなくして、木製のカトラリーケースが先にテーブルに置かれた。ふたりなのに、ぱっと見ただけでもそれ以上の数が入っている。まあ別に気にすることでもないか、と思いながら顔を上げると、周りのテーブルの女性たちがちらちらと小林さんを見ていた。

女性ばかりいる店内で彼は目立つ。そうでなくても、この外見だ。同席しているからこそ露骨に見られないけれど、遠い席にいたら彼を見つめてしまうかもしれない。

そんな中彼はというと、ガラス張りで作業を覗ける厨房を見つめていた。その涼しげな横顔が、見知らぬ女性から注目される事態が彼にとって普通のことなんだと教えてくれた。

「お待たせいたしました」

テーブルにケーキとドリンクが運ばれてきて、小林さんがナイフとフォークを私の分も並べてくれた。こういうときにすぐに動けない自分が情けない。

一般的なミルフィーユは縦にパイ生地を重ねているけれど、ここは横に並べている。つまりその分、カスタードクリームをたっぷりと挟める余裕がでるし、切りわけやすそうだ。

「デザート用のナイフがあるって珍しいですね」

これで食べにくいミルフィーユも攻略できる！　と思ったものの、固いパイに力を入れてナイフを押しこんだ勢いで皿に当ててしまい、カツン！　と音をたててしまった。小林さんとは別の意味で周りから注目される。

「勉強になったな」

「……はい」

ミルフィーユは分厚くてザクザクした食感のパイ生地に、バニラビーンズがたっぷり入ったとろりとしたカスタードクリームの相性が抜群だった。さすが小林さんのオススメなだけはある。

「何か気づいたことは？」

「カスタードクリームだけじゃなく生クリームとコンフィチュールが挟んであって、最後まで飽きずに食べられそうです」

「味じゃなくて接客や店の気遣い」

「えっと……」

何か言わなきゃと思ってテーブルを見た。うーん。首をかしげていると、小林さんが言った。

「こっちも一口食うか？」

「え、いいんですか？」

気になっていたけれど、一口とか言われるのは好きそうじゃないと思っていたから素直に嬉しい。彼がカトラリーケースから新しいフォークを取り出した。

「あ！　シェアすることを想定して、本数が多いんですか？」

「正解。食べていいぞ」

餌付《えづ》けされているみたいだ。でも悪い気はしない。大粒で半生のさくらんぼを嚙《か》めばじゅわっと酸味が染み出る。初夏にぴったりの爽《さわ》やかな味だ。

試験はまだまだ続く。

「どこにトイレがあるかわかるか？」

「えっと……」

ぐるりと店内を見渡し、見当をつけて「あそこですかね？」と言った。

「どうしてそう思う？」

「他にそれらしい所がないので」

公共施設やファミレスで見られるような矢印などの案内がない。手前側が壁で隠されているが、その裏側に行けばドアがありそうなスペースはそこぐらいだ。

「あっている。案内表示があると見つけやすいが、トイレから出てきたと主張しているみたいで嫌なんだそうだ。トイレのすぐ傍《そば》に案内されると嫌なお客様もいるから、視界を遮《さえぎ》るように壁を作ったとか」

なるほどなあ。今まで、そういう観点でフロアを見たことなかったから新鮮だ。

　他に何か発見はないかと思ってきょろきょろと顔を動かして、はっと気づいた。小声になって小林さんに言う。

「店員さんがほどよくほっといてくれます。えっと語弊《ごへい》があるかもしれないですけどこれは褒めてて。たとえば食べ終わってすぐにお皿下げようとする人とか丁寧な接客かもしれないですけど、見はられているみたいでちょっと居心地悪くなっちゃって」

「ちなみになぜ、挙動不審なお前を店員がほっておいたと思う？」

「……たぶんですけど、お客さんは用がある場合、店員さんを見つけたらそこで視線が止まります。でも私は店員さんを見つけてもスルーしたからかと」

　アルバイトをして一番困ったことは、悩んでいるお客さんに話しかけていいかという問題だ。声をかけるとあからさまにむっとする人もいた。だからこそ、話しかけたいと思っているお客さんとそうじゃないお客さんの違いに敏感になった。

　小林さんは私の答えを肯定《こうてい》するようにうなずいた。

「あとは壁の写真を毎月変えているらしい。季節感の演出と、リピーターが多い店だから飽きさせないように」

　そう言われて壁に飾ってある風景写真を改めてまじまじと見た。

「だからコスモスなんですね」

「シャクナゲな」

「……詳しいんですね」

「お前が知らなさすぎるだけだ」

鼻白んだように言って、残りのさくらんぼのタルトを食べだした。大口の彼と違い、小さめにカットしている私はどうしても食べるのが遅い。見苦しくない程度に焦って食べているとテーブルの前で白い人影が立ち止まった。

緒方《おがた》さん？　そう思って顔を上げると、コックコート姿でモデルのような美女がそこにいた。ホームページで見た写真はあれで写りが悪かったんだ。緩くウェーブした髪をひとつにまとめ、厚すぎないメイクで透明感のある肌が輝いている。

「いらっしゃい、周一郎《しゅういちろう》。怪我の具合は？」

彼女は親しげにそう言って、小林さんの肩に手を置いた。しゅ、しゅういちろう？　いや、姉弟子なら名前で呼ぶくらい仲良くてもおかしくないけどさ……。

小林さんはなぜか居心地悪そうに目を伏せた。

「もう完治しました。……今日はいないって緒方から聞きましたけど」

「あんたが来るってわかったら、出てくるに決まってるでしょ。こちらが新しいバイトの子？」

一分の隙もないアイメイクで縁どられた彼女の瞳が私に向いた。射るような目力にたじろぐ。

「初めまして。店長の夏木《なつき》です」

「牧野です。……今はもう、バイトじゃないです」

口に出すと実感が湧いてきて落ちこんだ。夏木さんはきょとんとして小林さんに聞いた。

「まじめないい子だって聞いたよ。引きとめなくていいの？　学生さんなら、夏休みだけでもお願いするとか」

「一カ月の約束だったんで」

「そう？　……実は個人的な仕事を頼みたかったんだけど、人手が少なくなるなら難しい？　ウエディングケーキの注文なんだけど」

「そっちの仕事を回してくれるんですか？」

「個人的って言ったでしょ？　私のウエディングケーキ」

胸に手を置いて彼女がにっこり微笑《ほほえ》んだ。小林さんは驚いたようにしばらく口ごもってから聞いた。

「……お相手は？」

「師匠《ししょう》のお孫さん。三十歳の建築士。古い建物が好きで休日にはいろいろ見て回っているから、そっち関係で話が合ったの。式の日取りはこれからだけど、家族とうちの店の子にお披露目する簡単な婚約パーティーをするつもり。そのときのケーキをお願いしたいの。そこで合格ラインを出せたら、本番の結婚式でも使ってあげる。私の取引先も来るから、顔を売るには絶好の機会よ」

いい話に思える。しかも夏に向けて店の売り上げが下がると小林さんから聞いた覚えがあった。でも彼は即答せず、慎重に質問を重ねた。

「いつの予定です？」

「一カ月後の月曜日」

「……六月十三日ですか？」

小林さんはスマートフォンを取り出し、カレンダーを見ながら聞いた。

「そう。仕事上がりに夕食がてら、みんなで」

「総勢何人ぐらいですか？」

「十……多くても十五にはならない」

「どのタイミングでデザートを出すんですか？　会場はすでに決まっているんですよね？」

「詳しくはあとでメールする。予算は好きな金額を言って。夢みたいな注文でしょ？」

夏木さんは悪戯《いたずら》っぽく笑って言って、テーブルに置いてあった伝票を手に取った。

「着手金というほどじゃないけど、おごらせてね」

彼女は私にも明るく笑いかけ、テーブルから離れた。遠慮どころか、お礼を言う時間さえ与えてくれなかった。繁華街で店を開くほどの人はこれぐらいパワフルじゃないといけないのかもしれない。

浮かしかけた腰を下ろし、小林さんを見る。彼は眉間に深く皺《しわ》を寄せ、考えこんでいるようだった。強引な依頼だったけれど、世話になった相手のお祝いごとなら少し無理をしてでも引き受けそうなのに珍しい。

ふいにあることを閃《ひらめ》いた。

もしかして、小林さんは夏木さんを好きだった？　もしくは付き合っていたとか……。でも元カノの店に私を連れてくるだろうか？　その疑問はすぐに否定できた。彼なら純粋に『仕事』で相手を評価しそうだ。そしてそんな彼が『仕事』をしぶるような相手だから問題なのだ。

すっかり黙りこんでしまった彼に話しかけることもできず、ただ機械的にミルフィーユを口に運んだ。

来た道を同じルートで帰る。ここに来るまではあんなに浮かれていたのに、今ではすっかり心が冷えこんでいる。

「今日はありがとうございました」

最寄り駅の構内から出て、頭を下げた。彼は聞いているのかいないのか、「ああ」と短く答えた。このままいるとどんどん惨《みじ》めになりそうで、もう一度頭を下げてから歩きだした。

「百」

呼び止められて、振りかえる。夕焼けが彼の輪郭《りんかく》を赤く染め、顔に影を落とした。

「これからいくつか試作するつもりだ。そのケーキの試食をしてもらいたい。客観的な意見が聞きたいんだ」

いつも私が強引にお願いするばかりで、こうして彼から頼まれるのは初めてだ。

頼られたことは嬉しいけれど、でも素直に喜べない。それぐらい彼にとって夏木さんの依頼は大事なんだ。そんな風に卑屈《ひくつ》になってしまう自分が嫌になる。

「いいですよ！　私でお役に立てるなら！」

私が笑って言うと、彼はほっとしたように微笑んだ。

「また連絡する」

「はい。待ってます！」

笑顔で手を振ったあと、たとえようもなく胸がズキズキと痛かった。愛想笑いですらない作り笑いをするのは初めてだった。

小林さんからの連絡を待つ間、どんどん不安になってきた。彼は客観的な意見と言ったけれど、彼の作ったケーキなら何を食べたっておいしいと思う気がする。

しかも夏木さんはプロのパティシエで大人の女性。そんな人の味覚と私の味覚が一致するわけがない。さんざん迷った挙句、相談のメッセージを送った。

『もし嫌じゃなかったら、試食係に私の友人を連れていっていいですか？　女子高生ですけど社会人と付き合っている子で考え方が大人です。私よりも、夏木さんに近い意見が出るかも』

こんなことを言って試食自体を断られたらどうしよう？　でも、他にいい案がないし。

返信は思いがけずに速かった。

『頼む。来週には用意できる』

ほっとして、志保に電話をかけた。夜中だけれど、すぐに出てくれた。

「どうしたの？　珍しいね」

確かにそうだ。毎日学校で会うから、ＳＮＳでのやりとりで済ませてしまう。

「ちょっと話が長くなるんだけど、いいかな？」

「いいよ。相談事？」

「というか、お願いかな？」

それから私は彼女に小林さんとの出会いを話した。想像していた通り、いいリアクションで聞いてくれる。話しながら楽しくなって、本筋にはなかなか戻れなかった。

「……それで、ウエディングケーキというか、パーティー用のケーキの試食会に志保にも参加してほしいんだけど、いいかな？　……来週だから、中間試験期間中だけど」

私と違って志保は成績が学年でも上位だ。おそるおそる聞くと、彼女は明るく答えた。

「ご褒美があるって思ったら張り合いができていいじゃん！　その日は一緒に勉強会しようよ」

この気遣いとサポート力が彼女の魅力だ。

「百ちゃんが可愛くなりたかったのって、その人とのデートのためだったんだね」

「デートじゃないよ！　……小林さんは私を世話のかかる妹とかペットぐらいにしか思ってないから」

今まで同世代の男の子を好きになったことはある。けど、ただキャーキャーと遠巻きに憧れているようなものだった。

小林さんに対して思う気持ちは少し違う気がする。もっと身近で、でもこれが恋だというのもまた違うような。その正体を見極められないことこそが、自分の幼さを証明しているみたいでくやしい。

「……大人になりたいな」

脈絡もなくぽつりと呟いたのに志保が「うん」と答えた。

「早く対等になりたいよね」

落ちついた柔らかな声が胸に染みいった。ああ、そっか。私がなりたいものは大人じゃなくて、小林さんと対等になれる人なのか。

今までもやもやしていたけれど、やるべきことが急にクリアになった。

夏木さんは確かに私が思う理想の大人の女性像だ。でも小林さんが今必要としているのは彼女じゃなくて、私。彼の作るケーキに意見を言う存在だ。それに気づいたらずっと強《こわ》ばっていた思考がほどけ、体中すみずみまで温かくなった気がする。

「志保ってやっぱりすごいよね！」

「急にどうしたの？」

「説明したいけど、うまく言葉にできそうになくて。でも私の中ではすごく納得がいった。いつもありがとう」

勢いのまま口走っていると、彼女は「なにそれ」と呆れつつも笑っていた。

3

小林さんが指定してきたのは中間試験の初日の十七時半。テスト期間中は午前中で学校は終わるけれど、そう伝えれば頭の固いところのある彼は学業優先とか言って試食会が延期になるかもしれない。だから黙っておいた。

志保と近くのカラオケ店で勉強会をしてから、店に向かう。私よりもなぜか彼女のほうが緊張しているようだった。

「何か手土産を買っていったほうがよかったかな?」

気遣いがここまでくると大人を通り越しておばちゃんっぽいと思ったけれど、言わない。

「気にしなくて大丈夫だよ。優しい人だし」

店のドアを開けると壁に向かってぶつぶつと呟いている小林さんがいた。志保は私の背後にいるが、それでも彼女がたじろいだのは気配でわかった。

「……こ、小林さん?」

おそるおそる呼びかけると彼が振りかえった。顔色が悪く、頰《ほお》が少しこけたようだ。

「悪いな。よく来てくれた」

　そんな殊勝なセリフが彼らしくなくて不安になってくる。

「お疲れなんですか？」

「研究のためにブライダルフェアをはしごしてな……」

「へえ！　どんな感じですか？」

　純粋な好奇心から聞くと彼はふと遠い目をした。

「……『無料試食会』とか『まずは気軽に見学』を、なんてフレーズを鵜呑《うの》みにして痛い目を見た。平日に参加したせいか、マンツーマンで接客。嘘の結婚相手と挙式予定をでっちあげることもそうだが、それを熱心に聞いてくれる年下のプランナーには良心が痛んだ。そしてメールと電話爆撃が酷《ひど》い」

　攻撃ではなく、爆撃と言ったところに彼の疲労度がうかがえる。話を変えるべく、志保を紹介した。

「私の親友の永倉《ながくら》志保です」

「……永倉です。力になれるかどうかわかりませんが今日はお招きありがとうございます」

　私の後ろからぺこりと頭を下げた志保に小林さんが会釈を返す。

「小林です。いくつか用意したので素直な意見を聞かせてください」

知り合い同士が挨拶《あいさつ》するのってなんだか変な感じ。父と小林さんだと大人同士だからあまり抵抗がないけれど、私と同い年の友達相手に彼が敬語を遣うのは違和感がある。そう思ったのは志保も同じだったらしい。

「私には敬語いらないです。百ちゃんと同じ扱いしてください」

すると彼は眉をひそめた。

「それはさすがに」

「……小林さんの中で、私の扱いってどれくらい悪いんですか？」

聞くと彼はただ肩をすくめてみせた。私の追及を避けて厨房に引っこみ、熟練したウェイターのように両手にいくつも皿をのせ、カットしたケーキを運んできた。

「基本に忠実なフレジエ。和をイメージした抹茶のムース。季節感を出すためにレモンのタルト。ブライダルらしい華やかさを出すために食べられる花で飾ったフラワーケーキ。本来なら新年を祝うものだが、フェーブという陶器の人形を仕込んだゲーム要素のあるガレット・デ・ロワ」

美しいケーキがどんどんテーブルに並んでいく。私と志保は声なき歓声を上げ、自然にお互いの手を取り合った。

父が大量注文したときに叶《かな》わなかったケーキビュッフェがようやく現実に！

小林さんが飲み物を用意してくれている間もふたりでケーキに見惚《みほ》れた。

「……きれい」

隣で志保がうっとりと呟く。小林さんにも聞こえていたらいいのにな。

ほどなくして飲み物が運ばれてきた。それに白紙とペンも。

「簡単でいいから、感想をメモしてくれ」

小林さんは主に私に向けて念を押した。

「はい。わかりました、大丈夫です！　いただきます」

まずはフラワーケーキから手をつけた。初めて食べたバラは生の野菜を食べている感覚に近い。見た目が素敵なのでそれだけでも特別感があるかも。

「……無理に食べなくていいんだぞ」

グラスにアイスティーのおかわりを注ぎながら、小林さんが言う。私も志保も出されたケーキを完食し、二周目に入ろうとしていた。

「こんなおいしいケーキを残すなんてありえないです！」

私が言うと志保が続いた。

「普通のデザートビュッフェだと味が似たようなものが並ぶこともありますけど、今日いただいたケーキは素材の味や風合いに特色があって個性豊かで全部おいしいです」

それを受けて小林さんがぼそりと言った。

「同い年でもこんなに表現力が違うのか……」

からかうようにではなく、むしろ純粋に驚いたみたいなのでなおさら情けなくなる。

「そ、そうですよ！　志保を誘ってよかったでしょ」

「まあな。百、お前が一番初めにフラワーケーキを選んだ理由は？」

「見た目が華やかだったのと、食べたことがなかったので」

またバカっぽい答えだと言われるかと思ったけど、彼はただうなずいた。

「永倉さんはどうしてレモンのタルトを？」

「さっぱりした味のケーキから食べたかったからです。味の濃いものはあとに残すつもりで」

そんな考え方もあったのか……。味を比べるんだから、食べ方に気をつけるのも重要なポイントだっただろう。そう思っているなら言ってくれればいいのに、と自分を棚上げして思ってしまうが、初めての場所に来て緊張している志保にそれは無理な話だ。

「じゃあもし、一種類だけ選ぶなら何を食べていた？」

小林さんの問いかけに志保は少し迷ってから答えた。

「抹茶のムースです。参考にならないと思いますけど、抹茶が好きなので。……でも誰と食べるかで選ぶケーキがまた変わると思います」

「それはどういう意味で？」

「シェアしたいから、自分の第一希望よりも相手の好きな味を優先しちゃいます。もちろん、嫌いなものは無理に食べないですけど。でも一番好きなものをひとりで食べるより、おいしいねって言い合えるほうが嬉しいので」

小林さんは考えこむように腕を組んだ。

「……正直に言えば、味の感想より初めに何を選ぶかを見たかったんだ。第一印象がいいものはどれか。パーティーはビュッフェ形式にするらしいから、デザートもそれに合わせるのもいいかもしれないな……」

そう言ったきり黙ってしまい、沈黙に耐えきれずに聞いた。

「まだまだ先のことですよね？　こんなに早く決めないといけないんですか？」

「発注の問題がある。材料だけじゃなく箱も。普段使っているものとはサイズが変わってくるから、それ用の手配が必要になる」

「なるほど。今は少しでも考える時間が欲しいんですね？」

「ああ」

「じゃあ私をまた雇ってくれませんか？」

「はあ？」

「だって心配ですもん。……痩《や》せましたよね？」

私にしては合理的な提案だと思う。けれど、彼はそう思わなかったようだ。

「そろそろ中間試験の時期じゃないのか？　人の心配している場合か？」

図星をつかれてドキッとする。でもそれ以上にむっとした。自分から頼ってきたくせにこんなときばかり子ども扱いする。

「小林さんこそ、おいしいものを作りたいって人が青白い顔してちゃ駄目ですよ！　私がどれだけ……」

「やめなよ、百ちゃん」

私がヒートアップしかけると志保が私の腕を取って止めた。「けど」と言い募る私に彼女は静かにかぶりを振る。

「小林さんの言うことは正しいよ。今日は帰ろう」

裏切られたように感じた。どうして私の味方になってくれないんだろう？　いつも大人の対応をする彼女が好きだし尊敬していたけれど、今日ばかりは恨めしい。

好きなふたりに拒絶されたショックで頭が真っ白になったのに、でも胸には言いようのない苛立《いらだ》ちがくすぶっている。

「今日はごちそうさまでした」

志保がそう言っておじぎをし、私も形ばかりのおじぎをした。小林さんの顔をまともに見られないうちに店を出る。しばらくして志保が言った。

「小林さんってカッコイイね。百ちゃんに自分が弱っているとこを見せたくないなんて」

「……どうしたらそうなるの？」

彼女はいい子だけれど、俯瞰《ふかん》で物事を見ているせいかたまに発想がとっぴだ。

「少女漫画やドラマでさ、病気のヒロインの家に恋人が看病に来る場面あるじゃない？　私だったら家に上げられないなあ。掃除してない部屋だよ？　お風呂に入ってないかもしれないんだよ？　寝起きのノーメイクだよ？」

「……まあ、それはそうかもしれないけど。でもそれとこれとは」

「そんなに別かな？　百ちゃんの話だと、小林さんっていつもスマートに物事を片付けちゃう人なんだよね？　悩んでいる姿を年下の女の子に見せたくないって思っても仕方ないよ」

「……」

「志保は小林さんを過大評価してるよ。あの人はもっと意地悪で私をからかうような人で」

「優しくて仕事熱心でまじめで、百ちゃんが好きな人なんだよね？　百ちゃんが好きになるような人なんだから、えこひいきするよ。身内目線でいい人だよ」

好きなんて言ってない、と言いかけて口をつぐんだ。「じゃあ嫌いなの？」と問われてしまえば、嫌いなわけがない。そしたら実質的な告白になってしまう。

沈黙を肯定ととったらしい彼女は優しく微笑んだ。

「小林さんを信じて待ってみようよ」

ね？　と諭《さと》され、仕方なしにうなずいた。ほっとした様子の彼女は空気を変えようと別の話題を始めた。その気遣いがわかるので話にのっかる。駅前で別れるときにはすっかり笑顔だった。でも素知らぬ顔で自宅とは反対方向の電車に乗る。

志保が言うことは正しい。信じて待つほうが小林さんが望むところだろう。

だからこれからすることはただ単純に私のわがままだ。

まず大きな書店で雑誌をいくつか購入した。市場調査として評判のケーキを食べまくるつもりだ。給料が予想以上に多かったので資金面の問題はない。母には外で勉強すると嘘をついて――まあ社会勉強という意味では嘘ではないけれど、チェックした店を試験期間中に回った。

年齢層が高くて高級な店でも、志保や他の友達と一緒ならそのハードルの高ささえ楽しめるのに、ひとりだと急に心細い。店の外の行列に並ぶ間、どんな味かと相談できる相手がいないとわくわくしない。周りの友達連れやカップルを見ると居心地が悪くなる。ガラス越しに活気ある店内を覗き見ながらふと思いついた。

もしかして、男性にとってはこれが普通の感覚なんだろうか？

コンビニのスイーツがちゃんとおいしい今の時代で、単価の高い小林さんのケーキを買いに来るお客さんは高級志向なのかと思っていた。でもそうじゃなくて、人目を気にせずにケーキをじっくり選べたり、店内で気楽に食べられたりすることって実はすごく貴重なんだ。

一時間並んでやっと席に通されたら雑誌に載っていたケーキは軒並み売り切れ。仕方なく注文したホワイトチョコのムースがいまいちで悲しくなった。

店を出るとどっと疲れていた。とにかく座りたい一心で喫茶店に入った。カウンターは長年磨かれたからか、艶《つや》やかな飴《あめ》色に輝いている。オールバックで口髭《くちひげ》を生やしたまさしく喫茶店の店主という雰囲気のベスト姿のおじさんはこちらを見もしない。

入る店を間違えた。味のわかる常連客以外お断りっぽい。でも今更出るわけにもいかずに立ちつくしていると、接客中だったフリルのエプロンが可愛いお姉さんが私に気づいた。

「いらっしゃいませ。好きな席にどうぞ」

カウンター席はすべて埋まっていたのでテーブル席に。さっき食べたケーキセットの満腹感が今になって襲ってくる。

　量が少ないエスプレッソを注文しようか、いっそ覚悟を決めてここでもケーキセットを頼むか。うんうん悩んでいると、向かいの席のおばあさんが手を挙げて「ちょっとすみません」とお姉さんを呼んだ。

「ケーキセットでレアチーズケーキを食べるなら、飲み物はどれが合うかしら？」

「そうですね。ケーキが結構コクがあって甘いので、あっさりめの味がいいですね。今日のコーヒーはどっしりした渋めだし、紅茶のほうがいいのかも。ホットとアイスとどっちがいいです？」

「んー、アイスかしら？」

「じゃあ、アッサムがいいですよ。癖がなくて飲みやすくて。ミルクを入れてもおいしいです」

「そうね。そうするわ」

　はじめは何気なく耳に入ってきた会話だったけど、途中から聞き入ってしまった。欠けていたピースがぴったりはまったみたいに閃いた。

「……何の用だ」

金曜日の夜に小林さんの店に来るのは賭けだった。仕込みをしているからきっといる。いや、いてほしい。そう祈るようにやって来て、本当にいてくれたときはほっとした。

まあ開口一番がこれで、細く開いたドアの隙間からチェーン越しにげんなりと嫌そうな顔をされたけれど。

「喫茶店で店員さんがケーキに飲み物は何を合わせたらいいかって聞かれて、すらすらーっと答えてて感動しました。私は今までそういうことを考えたことなかったんです。それでその店員さんとマスターさんにいろいろ聞いて、マリアージュ……これはワインと料理の組み合わせのことですけど、でも小林さんのケーキと抜群に合う飲み物があるはずです。小林さんはケーキを作ってください。私はそれに合う飲み物を完璧に淹《い》れられるようになります」

「お前の熱意もやる気もわかるが、ケーキに何を合わせるかは客次第だ。コースじゃなくて、ビュッフェ形式だし」

ドアにもたれかかり、彼は疲れたように呟いた。

……またやってしまった。

聞いたことをちゃんと考えずに発言して、それがいいことだと思いこんで。これじゃあ父を悪く言えない。

「……すみません。帰ります」

「ちょっと待て。雨予報が出ているから傘を持ってけ」

いいです、と答える前にドアが閉まった。空を見上げると夜だからわかりにくいが、確かに曇り空だ。ほどなくしてドアが開いた。今度はチェーン越しじゃない。

「ほら。返さなくていいから」

シンプルなビニール傘だった。彼は気にするなと言いたげで、でも私としてはそんなわけにもいかない。

「……迷惑かけるつもりじゃなくて、小林さんのケーキをおいしく食べてほしくてそのことだけ考えていて、頭がいっぱいになっちゃって」

「だからわかったって。お前も少しは俺が心配する気持ちをわかれよ」

頭ごなしに怒られるより、静かに諭されるほうが胸が痛くなる。

「……はい」

ビニール傘を受け取ると、傘の柄に残った彼の体温がうっすらと感じられた。きっと彼は、自分の行動がどんな風に私の心に波風を立たせているか絶対わかっていない。

「お前らも不思議だよな。ケーキの試食を頼んだら、誰と食べるだとか飲み物に何を合わせるだとか。ケーキ自体には触れないんだから」

「……すみません」

「けど、案外そういうことかもしれない」

淡々《たんたん》とした口調ながらも、彼の声に明るさが戻った気がした。切れ長の瞳に持ち前の力強さが灯《とも》っている。

「ケーキのイメージが固まった。来月の搬入を手伝ってくれないか?」

「もちろんです!」

「平日の夜だし、車で家まで送るつもりだが親に反対されたらなしな?」

念を押され、コクコクとうなずく。

帰りには雨が降り出していた。借り物のビニール傘は私が普段使っているものよりも一回り大きくて少し重い。でもそんな違いを感じられたことさえ、嬉しかった。

4

待ちに待った六月十三日の月曜日。しあわせな結婚といえばジューンブライドのイメージがあるけれど、日本ではあいにくの梅雨で今日も雨だった。

日中が暑かった分、寒ささえ感じる。一度家に帰って着替えてから、借りた傘と自分の傘を持って、小林さんを駅前で待った。パーティー会場まで向かう道のりの途中で拾ってもらう予定だ。

それにしても十八時集合って結構早いなあ。夏木さんの店の営業時間は十九時までだったけど、よっぽど近いのかな？　そんなことをぼんやりと考えていたら、目の前でワゴン車が停《と》まった。小林さんだ。Tシャツから伸びる筋張った男らしい腕がまぶしい。

「助手席に乗れ」

「はい」

隣に座れるのがちょっと嬉しい。それが顔に出ないように我慢して乗りこんだ。

「どんなケーキにしたんですか？　後ろに載せているんですか？」

後部座席を振りかえると、荷物でぎゅうぎゅうになっている。

「現場で組み立てることにした。まだ完成していない」

「そういうものなんですか？」

「さあな。ウエディングケーキなんて注文は今回が初めてだ。シートベルトを締めろ」

いつも余裕ある横顔が今日はいくらか強ばって見える。慌てて言う通りにした。すぐに車が発進する。

「段どりを考えているから、話しかけるな」

質問には答えてくれなかったけれど、『柄にもなく緊張してます』という意味だろう。小林さんの作ったウエディングケーキが見られるとうきうきしていたのに、こっちまで緊張がうつってしまった。

車内にはカーナビの音声だけが流れる。どこに行くんだろう？　じっとカーナビを見ているると信号待ちの間に彼が画面を操作してテレビ番組に替えた。

「操作はタッチパネルだから、好きな局にしろ」

「いやいいですよ！　カーナビのままで」

「お前からの圧迫がうるさいんだよ。早くどんなケーキか見せろってオーラが」

「出してません！」

「無自覚ならなおさら悪い」

「あ、小林さん青ですよ！　前見てくださいよ」

「わかってる」

彼が少しでも興味がありそうな番組を、と考えてニュースを選ぶ。いつもの言い合いをしたあとは、肩に入った力が少し抜けたように思えた。でも本当なら私が彼をリラックスできるようなことを言えたらよかったのに。

テレビを見ているふりをして別のことを考えた。

小林さんは今、どんな気持ちでいるんだろう？　彼が夏木さんと以前に何かあったことは明白だ。

ドラマのワンシーンのようにふたりが抱き合っている姿を想像してしまい、焦って頭から追い払う。いろいろ考えていると、またオーラがうるさいと言いがかりをつけられそうだ。

三十分も走らないうちに車が停まった。婚約パーティーと聞いてホテルのような場所を想像していたけれど、ご夫婦で経営しているらしいイタリアンレストランだ。ふたりがかりで大荷物を運び入れる。

「車を停めてすぐ戻ってくるから、お前は待ってろ」

厨房は忙《せわ》しなく、店内は少し居づらかった。表で待っているとタクシーが停まる。後部座席のドアが開いたものの、誰も出てこない。なんとなく見ていると、杖《つえ》がにゅっと出て地面を叩いた。足の悪そうなおじいさんとおばあさんはどちらもセミフォーマル。

もしかして、と思っていたらこっちに向かってくる。覚束《おぼつか》ないながら、迷いのない足取りなので間違いない。とっさに店のドアを開けて、支えた。

「ど、どうぞ！」

知らない人に親切にするのは緊張する。接客中はドアを開けるくらい普通なのに、そうじゃないときは全然慣れない。

腰の曲がったおじいさんが私を見上げ、顔の皺を深めてにこりと微笑む。

「ありがとうね」

こう言われたときに返す言葉を私はまだ知らない。ついぎくしゃくした会釈をしてしまうので、自然体で笑い返せる人になりたいと思う。

店の奥から奥さんが出てきてふたりの応対をしていた。どうやら知り合いらしく、早く来すぎたことをおじいさんが謝っている。ドアを閉めようとしたときに、いつの間にか小林さんが背後にいた。

「わ！　その気配を消すやつやめてください！」

彼の視線は私を通り越して老夫婦に注がれている。緊張したようにきゅっと口を結び、彼らに駆け寄った。

「おひさしぶりです」

「やあ、元気？　……少し痩せたかな？　ご飯なら、また食べにおいで。今日はどんなケーキを作るつもりだい？」

「もしかして夏木さんからお聞きになったんですか？　ですからこのお時間に？」

ここからだと小林さんの背中しか見えない。でもおじいさんの顔はしっかり見えた。茶目っけたっぷりに笑って答える。

「おや、私に構っていていいのかい？　時間がどんどんなくなっていくよ」

「……失礼します」

おじぎをした小林さんはコックコートを着てコックハットを被ると奥の厨房へ。きっと手を洗いに行ったんだろう。

それから作業は一気に進んだ。生クリームを五分足らずのうちに泡立てたあと、大きさの違う輪切りの苺《いちご》のロールケーキを縦に重ねる。その白いスポンジ生地は『四月のスノーホワイトケーキ』と同じもので、特別なケーキに採用してくれたんだと嬉しくなった。

段をならすように表面に生クリームを塗ると円錐《えんすい》のタワーになっていく。

ケーキってこんな風にできていくんだ……。製造している姿をちゃんと見たのはこれが初めてだ。迷いのない手つきと真剣な横顔。コックコートの白さに影響されてか、まるで神事のように尊いものに見えた。集中している彼を邪魔してはいけないと思うのに目が離せない。

「百」

彼に呼ばれ、はっとした。

「これを持って傍に立ってろ。マカロンは多めに作ったし、割れたのはお前にやるから」

マカロンの入ったケースを受け取ってやっと、なぜこの場で組み立てることにしたかわかった。クロカンブッシュのように、マカロンを貼りつけるつもりなんだ。でもマカロンといえば中にクリームを挟み、丸くて表面がぽってりした可愛さが魅力なのに、このケースに入っているマカロンは一枚。マカロンというよりクッキーみたいでしかもすべて表面がひび割れている。おそるおそる言った。

「小林さんこれ、ほとんどひびが……」

「日本では主流じゃない作り方をしただけだ。これはフランスのロレーヌ地方ナンシーのマカロン」

ひとつつまんで私に向けた。受け取って食べると香ばしい表面と内側のねちっとした歯触りの独特の食感。アーモンドの優しい香りが素敵だ。

それからもたまごパンのように膨らんでいたり、ほたての貝柱みたいな形だったりと見慣れないマカロンがタワーをぐるりと一周していく。てっぺんには白い絹のリボンがのった。高さは三十センチをゆうに超え、ウエディングケーキらしい華やかさと風格を漂わせていた。

「つまみ食いしようとすんなよ」

「しませんよ！」

彼は一仕事を終えたことにほっとしたようで穏やかに笑ってコックハットを脱いだ。

「送るから準備しろ」

「その前に写真いいですか？」

「好きにしろ」

慌ててスマートフォンを取り出して構えていると表から賑《にぎ》やかな声が聞こえてきた。パーティーの参加者？　時計を見ると二十時。そんなに時間が経《た》っていたなんて気づかなかった。

ドアを開けて入ってきた人物に目を見はった。肩を出したブルーのカクテルドレスを着た夏木さんだ。髪は下ろしただけでアクセサリーも身につけていないものの、スパンコールと立体的な色とりどりの造花がアシンメトリーにデザインされたドレスで彼女の美しいくびれを際立たせている。

そのあとに続いて入ってきたのはスーツ姿の青年で、おそらく彼女の婚約者。聞いた年齢よりはだいぶ若く見えるけど、童顔なんだろう。彼のご両親らしいふたりも続いた。

夏木さんは彼らに気遣うこともなく、まっすぐ小林さんへと向かう。

「ちょっと周一郎。車の鍵を持っているけど、私の婚約を祝う気がないの？」

「いえ、そういうわけでは……」

小林さんが何か言い返す前に夏木さんはケーキへと視線を移す。

「へえ、これがあなたのケーキ。乾杯の前にどうしてこのケーキにしたか発表してよ。うちのスタッフたちの勉強のためにも。だから車の鍵は今は没収」

そう言って、小林さんの手から鍵を奪ってしまう。車の鍵についた革のストラップのリングに指を通した。

「バイトを送らないといけないので返してください」

小林さんがそう言うと夏木さんが私を見た。彼女は小首をかしげ、私に向かって両手を合わせる。

「十五分ぐらい待ってもらえるかな？」

可愛いしぐさなのに二の腕にはうっすらと筋肉のラインが浮かんでいて、断ったら鍵を折られるんじゃないかと思ってしまった。

うなずいたのは怯《おび》えたからじゃなく、私だって小林さんがこのケーキを作った理由を知りたかったからだ。試食になかったケーキ。しかもお店に置いていないマカロンだ。

レストランに人がどんどん入ってきた。意外にもみんなラフな服装で、夏木さんのカクテルドレスが浮いて見える。

人の波に押され、壁際でぼんやり立っていると急に心細くなった。手伝いのために来たけれど、でもこの場にいるのはすべて夏木さんの関係者で知らない大人ばかり。唯一顔見知りの緒方さんが声をかけてくれたけれど、すぐに他の人に呼ばれてしまった。

乾杯用の飲み物が回ってきて、夏木さんのよく通る声が店内に響いた。

「みなさん、今日はお忙しい中ありがとう！　乾杯の挨拶がてら、今日のケーキを作った小林君にケーキのコンセプトを紹介していただきます」

途端にざわついていた店内がシンとする。それだけ彼の注目度は高いんだろう。

コックハットを被り直した小林さんがマカロンタワーの横に立つ。私も教室で前に出て発表した経験はあるけれど、そのプレッシャーの比ではない。何せ現役のパティシエたちに囲まれているのだから。

私が勝手にはらはらしていると小林さんと目が合った。途端に不思議と落ちついた。微笑みかけてくれたわけじゃないのに、それでも凛《りん》としたその顔が「心配するな」と言ってくれたような気がした。

「ご依頼いただいたのはウエディングケーキです。マカロンを採用した理由はいくつかあります。私が語るまでもないことですが日本で主流であるガナッシュやコンフィチュールを挟んだ二枚重ねのマカロンは近年できたパリ風マカロンといえます。

マカロンの発祥はイタリアで、十六世紀にフランスに伝わったとされています。移動手段もとぼしい昔のことで、それぞれの地域によって異なるレシピが作られました。そんなマカロンを用いることで、家族とは育った背景の違う人々の集まりであることを表現したかったんです。また初対面もいるだろう今日のこの場できさくな話題にしていただくために、味に変化をもたせたかったというのもあります。女性が口元が汚れることを気にしないで食べられるように小ぶりな一口サイズにしました」

「ちょっと見た目が地味ね。清楚系っていうか素朴《そぼく》？　接着に飴を使わなかったのはどうして？」

夏木さんがずばずば言った。小林さんは動じずに答える。

「私が理想とするのは食べられるケーキです。土台も苺の赤と生地の白の紅白で合わせたロールケーキを使用しています。飴で固めると見た目はよくてもどうしても食べにくくなりますから。それに華やかさなら花嫁がいますし」

「……言うようになったじゃない」

そう笑ってから夏木さんはみなを振りかえる。どんな評価をするんだろう？　息をのんで続く言葉を見守る。

ワイングラスを掲げ、彼女は言った。

「婚約は嘘でーす！」

白い喉《のど》をさらし、ごくごくと一気に飲み干した。あっけにとられ、私を含めた全員がぽかんとそれを見ていた。

嘘……？

夏木さんは空いたワイングラスを隣の婚約者に差し出す。慌てて彼がワインを注いだ。手元も見ずに彼女は続ける。

「婚約者とそのご両親はバイトです。祝福の言葉をくれたみんなごめんね。今日は周一郎の成長を見るために試験としてこの場を持ちました」

私は小林さんを見た。でもポーカーフェイスなので心情が読めない。

「三十女がプリンセスなんて店名は痛いって陰口《かげぐち》叩かれるけど、でもプライドを持って名づけました。お客様ひとりひとりが日常から離れた特別な気分になれるような、そんなケーキと時間を提供する。私にとって店名はいわば、店主としての宣言です。だから看板も出さないでケーキを作るような臆病ものがお客様の顔を想像できているのか心配でした」

そう言ったあと、夏木さんがマカロンタワーからマカロンをひとつつまんで食べた。偶然だけど私も食べたナンシーのマカロンだった。咀嚼《そしやく》しながら、ワインのテイスティングのように鼻から息を抜く。

「その心配は杞憂《きゆう》だったと今日わかりました。少し早めの納涼会だと思って、大いに飲んで食べてください。乾杯！」

悠然と微笑んでもう一度ワイングラスを掲げた。集まった人は彼女の強引さに慣れているのか、ばらばらと「乾杯」の声が上がっていく。それをきっかけに焼きたてのピザが運ばれてきた。

「……夏木さんには驚かされるよな」

「でも何だかほっとしちゃった」

「夕食代浮いたと思えばいいか」

笑って話しだす人々とテーブルに遮られて、小林さんに近づけない。そうしている間に夏木さんが彼に声をかけ、笑い返す彼を見てしまう。それだけで足がすくんでしまった。

「お嬢さん、ここ空いてるよ」

手の甲をとんとんと触れられた。長椅子《ながいす》に腰掛けた杖のおじいさんが微笑んでくれる。

「いえ、私はもう帰らなきゃいけないので……」

「少しぐらい食べていけばいいのに。遠慮しなくていいんだよ。私が取ってこようか」

そう言って、立ち上がろうとするので焦って止めた。

「いえ、大丈夫です。……すみません、挨拶が遅れたんですが私、牧野です。小林さんのお店でバイトを」

してました、と過去形で続けるのは気が引けた。

「私は天宮《あまみや》。あっちで食べ物を取りに行ってるのが家内の梅子《うめこ》です。きみはケーキが好きかい？」

「好きです。……でも食べるだけで作るほうではないです」

「それは一番の才能だよ。食べるのも勉強だからね。だからあのケーキを食べたいなら遠慮しなくていいんだよ」

「……そんなに私はわかりやすいですか？」

初対面の人にも伝わってしまうのか。自分に呆れつつ聞くと、天宮さんは柔らかく笑ってうなずいた。

「百」

人垣の向こうから名前を呼ばれた。こちらの様子が見えていないらしく、小林さんが手招きした。

「すみません、呼ばれているんで」

すると握手を求めるように天宮さんが右手を差し出してきた。日常ではあまりしないので、とまどいつつも握手した。

「あの子をよろしくね」

それが成人男性をさす言葉とは思えないし、握った手はただ添えられているように力が入っていない。でも切実な思いを感じた。その手を包むようにして両手でぎゅっと握り返す。

今日が小林さんと会う最後の日だとは言えなかった。

嘘をついたような後ろめたさを感じつつ、小林さんの傍へと行った。夏木さんはもう別の人と話している。彼は車の鍵を私に見せた。

「これから送ってく」

「ひとりで帰れます。どうぞ納涼会を楽しんでください」

「どうせ一時間で終わるような連中じゃない。お前を送って戻ってもまだ続いている。変な気を回すな」

そう言ってさっさと歩き出してしまうので追いかける。彼は他の参加者に口々に声をかけられても「ああ」「そうだ」「あとで」とかわしていく。

店を出る前にふと気になって、店内を振りかえった。

小林さんの関係者でフォーマルないでたちをしているのは夏木さんと天宮さん夫婦だけ

だ。夏木さんが騙《だま》し役の演出として衣装を用意したのはわかるけれど、天宮さんは？

「おい、百。行くぞ」

その答えは小林さんを見て思いついた。

言及されなかったけれど、天宮さんが小林さんの師匠だ。今日が彼の試験だと知っていて、なおかつ彼のもっとも近しい人だけが正装している。食べるまでもなく彼が合格すると信じ、その祝いの席にふさわしい服装を選んだのだ。

もう少し、話したかったな……。

天宮さんだけじゃなく、夏木さんとも。

小林さんを愛する人とはきっと話が合うはずだから。でもその機会は今後絶対にないんだと思うとレストランから離れることが名残惜しく思えた。

5

車に乗りこみ、走り出してしばらくしてから私から切り出した。

「天宮さんご夫妻のどちらがお師匠さんなんですか？」

「両方だな。ケーキがお父さん、接客はお母さんに教わった」

旦那さんや奥さんなどとは違う、親しげな呼び方が仲の良さを表している。

「いつから杖を……？」

「三年前に脳梗塞《のうこうそく》で倒れられてからだ」

それきり彼は黙ってしまう。何か明るい話題を、と探して思いいたったものは私にとっては落ちこむ話題だ。

「……夏木さんが結婚しなくってよかったですね。小林さんって、夏木さんのことが好きなんですよね？」

前を見たまま、ごく自然な聞き方になるように気をつけて言うと、急ブレーキがかかった。シートベルトをしていても反動で上半身が前のめりになりかけたけど、横からかばうように左腕が伸びてきた。

「な、なんですか？」

「それは、こっちのセリフだ。どうしてそうなったんだ……？」

信じられないと言わんばかりに彼が私を見る。少なくとも、恋心を知られて恥ずかしいというリアクションではなかった。

「だって、依頼されたときにちょっと嫌そうな顔してましたよね？　それに婚約が嘘だってわかってほっとしたみたいでしたし。元カノとかじゃないですか？」

「ない！　ありえない」

「夏木さんが休みの日に合わせてお店に行ったじゃないですか！　それって昔何かあったから、会いたくなかったってことですよね？」

「……それは、あの人にお前を会わせたくなかったからだ」

「どうして？」

「あの人のスマホの待ち受けは牧野君の写真だ。街中で書を書いてもらったとかで、それ以来ミーハーに追っかけをやってる」

やっと納得がいった気がする。

弟は町の有名人とはいえ、ファンは同年代の女子かおじいちゃんおばあちゃんだ。店をやっている人なら、地域のことに情報通だと勝手に思っていたけれど、普通に考えたら書道にも高校生にも関わりのない小林さんは弟のことを知らないはず。

と一度はそう思ったものの、でも夏木さんの反応を思い出すと反論が口についた。

「でも夏木さんはそんなこと一言も言わなかったじゃないですか」

「じゃあお前は言えるか？　ひとまわり以上も年下の相手に『あなたの双子の弟の記事を切り抜いて日替わりカレンダーを自作しました』」

「……」

予想以上にディープな愛し方だった。理想の大人の女性像がどんどん崩れていく。

「それに婚約のことははじめから嘘だろうと思っていた」

「え！」

「結婚式の日時も決まってないのにお披露目なんて気が早すぎる。それにちょうど一カ月後の依頼というキリがいい日付もおかしい。何より野心家のあの人が自分の結婚式で自分のケーキをプロデュースしないとか考えられない。……それでもあの人の興味が他に移ったんならと思って、信じる気持ちは半々」

「……でも、やっぱり何かはあったんですね？　名前を呼ぼうとしないぐらいには」

そう指摘すると彼は何か言いたげに口を開く。でも声にはならず、ふっと息を吐いた。

ゆっくりと車を発進させ、路肩に停めるとエンジンを切った。

「つまらない話だから相槌《あいづち》は打たなくていい。聞き流してくれ」

シートに背をもたれさせ、そう前置きしてから重い口を開く。

「師匠とは一番どん底だったときに出会った。高校から付き合っていた彼女と離婚する前だ」

離婚。もちろんそうする前に結婚していたということだ。女嫌いなのに？　それを克服するぐらい素敵な女性に出会った？　いやでも離婚しているからそうでもなかった？　私が混乱している間にも彼は続ける。

「彼女の浮気が原因での離婚だ。婚約期間中にも浮気してて、そのときは『寂しかったから』と常套句《じょうとうく》。話し合いに同席していた彼女の友人には俺が責められた。『一度の過《あやま》ちぐらい許すのが愛だ』とか言って。仕事で会えなかったのも事実だし、何より六年付き合って親ぐるみで仲良くなっていたからそのときは許した。でも結婚して半年たってまた浮気が発覚した。しかも浮気相手は彼女の友人の夫だった。そうなると、以前に愛を諭したくせに手の平を返して俺を罵《ののし》った」

「……小林さんは全然悪くないじゃないですか」

「どうだかな。別居はしたもののなかなか離婚に応じてもらえなかった。どこに行っても彼女との思い出が残っているみたいで行ける場所がなくなっていった。看板もろくに見ずに洋食店かと思って入ったのが師匠の洋菓子店だ。温かい店内とケーキ。お互いを思いやって働いているふたりがしあわせの象徴みたいに見えて、泣けた」

口調こそ淡々としていたけれど、時折苦しげに眉間に皺を寄せる。

「打ち明け話をしたら優しい言葉をかけてもらった。社交辞令を本気にして毎日夕飯をそこで食べていた。昔その店でバイトしていたあの人は、変な男が来ていると聞きつけて様子見に来たらしい。離婚問題に強い弁護士を紹介してもらって、離婚できた。再婚を求めてつきまとわれて職場を辞めたときも、『世話になった礼に師匠の味を引き継げば』と道を示してくれた。まあ、レシピを教えてくれても『もう趣味でやっているような店だから』と雇ってはもらえなかったんだが。店を作ったばかりのあの人に拾われたが、あの環境だ。もう女はこりごりで、自分の店を作った。……夏木さんには本当に感謝している。けど会えば、つらいあの頃を思い出してしまう」

それはわかる気がする。

彼にとっての夏木さんは、私にとっての弟みたいな存在だろう。いい子だとわかっている。気にしないようにしているけど、傍にいると劣等感に苛《さいな》まれる。弟と最近普通に話せているのは小林さんのおかげが大きい。

彼は遠くを見つめたまま呟く。

「お前はいつか聞いたな？　俺が女嫌いかと。……嫌いじゃなくて、怖いんだ」

頭から氷水を浴びせかけられたように心と体が強ばった。

私は彼に出会えたことで救われたけど、でも彼にとっては正反対だった。私の存在自体が嫌悪や恐怖の対象だったのに、私は彼にずっと甘えてきた。恥ずかしさと気まずさで膝《ひざ》が震える。泣きだしたかったけど、そんな権利さえない気がした。

「はじめはお前に腹がたった。俺が守ろうと必死になってきたものを壊そうとしたから」

「……すみません」

　車に乗せてもらっていることさえ申し訳なくて、シートベルトを外そうとした。でも彼が私の手を覆うように触れて、それを止める。

「……ケーキに嫌な思い出があるくせにケーキが好きだなんて変なやつだと思った。俺は怖いから女を避けたのに、お前は母親に嫌われていると思いながらも向き合おうとした。俺ができないことを女子高生が、しかももっとガキの頃からやってるんだと気づくと、たまらなく自分が情けなかった。今回試験だとわかっていても受けたのは……俺はもう大丈夫だとみんなに知らせたかったからだ。だいぶ苦労したけどな」

　それから耳あたりの柔らかな声で私の名前を呼んだ。おずおずと彼を見ると、私をじっと見つめて微笑んだ。

「お前のおかげだ」

　どう答えていいかわからなかった。

　そんなことないです、と反射的に言いそうになった。でもそう答えたら、彼の思いを受け取らないみたいで嫌だった。

　だから何も言えずにたった一回うなずいた。話してくれる気になって嬉しいです、という感謝の気持ちをこめて。

彼も小さくうなずいてから、私のシートベルトを改めてしっかり締め、車を発進させた。

これが彼と過ごせる最後の時間だ。

何か話したほうがいいと思ったけど、彼のつらい記憶を蒸し返すようで言えなかった。結局家につくまで無言だった。お礼を言って車を降りる。

「今日はありがとうございました」

「いやこっちこそ。あ、マカロン持ってけ。タッパーは返却しなくていいから。じゃあ、元気で」

助手席の窓ガラスが閉まっていく。そこに愛想笑いを浮かべた私が映る。ああ、こんなときでも笑えるんだ。そんな驚きも落胆も表情には反映しない。

手を振って明るく別れたら、小林さんにとっていい思い出になれるんだろうか？　それは甘い誘惑だった。でも車が走り出した途端、無理だって気づいた。足が勝手に駆けだして、車を追いかけた。

すぐ先で停車し、助手席の窓ガラスが下りる。彼が身を乗り出すようにして「どうした？」と聞いてきた。息を整える間も持たずに叫んだ。

「好きです！」

驚いたように彼が目を丸くした。やってしまった。今までの比ではないほど居たたまれない。慌てて言い直した。

「こ、小林さんのケーキがです！　ずっと食べていたいので、私をこれからも雇ってください」

自分でも言っていることがめちゃくちゃだ。

彼は私を褒めてくれたけれど、私が母との確執を話したのは問題解決したいという百パーセント前向きな意味じゃなくて、嫌なことを言ってきた当時の彼に少し意地悪な気持ちがあったからだ。たまたま知り合った他人の不幸話を、聞きたい人などいない。

でも彼はまったく逆だった。好奇心旺盛《おうせい》な女子高生にきちんと話すことが誠意だとして語ってくれた。

改めて彼を知りたくなった。なんでも軽々とこなす凄腕《すごうで》のパティシエとしてだけの彼じゃなく、今度こそ等身大の彼自身を見つめたい。

「……接客もまだまだ勉強中ですけど、知識もないですけど、でも私で女性への耐性をつける練習だと思ってお願いします」

「……」

小林さんは厳しい顔をしていた。はっと気づかされた。接客経験がないことでミスはあっても、女子店員だから起きたトラブルはない。でも今までなかったからといって、これからもそうとは限らない。

女子禁制の店で女子高生を雇う。今度は一カ月の期間限定じゃない。彼にとって大きな岐路だ。

……これで断られたら諦《あきら》めよう。もちろん嫌だけど、でもそんな風に自分の中で折り合いをつけ始めた。

長いように感じられた沈黙だった。

「土日に働くと遊べなくなるぞ」

「今は遊ぶより、小林さんのところで働きたいです」

「今までのような仕事量じゃなくて、覚えてもらうことも雑用も増える」

「頑張ります！」

助手席の窓にかぶりつきになるぐらい真剣に言い返した。しばらく見つめ合い、やがて彼が言った。

呆れたように溜息《ためいき》まじりで、でも優しさを滲《にじ》ませたいつもの声で。

「じゃあまた土曜日にな」

「はい！　土曜日に」

私が離れてから発進した車を今度こそ見送る。見えなくなるまで大きく手を振った。

土曜日の朝は晴れだった。昨日は一晩中雨が降り続いていて、今日もそうなるかもと覚悟していたからほっとした。

朝食と一緒に、もらったマカロンの最後の一枚を食べた。サンテミリオンのマカロン。表面はふんわり、中はしっとりとした食感で素朴な味わいだ。図書館で借りてきた本によればサンテミリオンはワインの産地だから、マカロンの生地に赤ワインを入れて焼くのが特徴らしい。

マカロンひとつとっても、地元の人々の生活が表れている。知ろうとしなければ、私にとってのマカロンはパリ風のマカロンだけだった。そんな風にして見逃してきたものが今までたくさんあったはずだ。

それは洋菓子や世界のニュースだけじゃなく、家族に対しても言えるし、そして自分にも言えた。アルバイトを自分から志願するような、ここまで行動的になれる人間だとは思ってもみなかった。

四月よりも少し伸びた髪を指先で整えてから家を出る。はじめは嫌で仕方なかった短い髪も今ではすっかり気に入っていて、また切ろうかなと思い始めている。

偽婚約パーティーから日がたち、ふと考えることがある。

夏木さんはこれまでにも彼にはっぱをかけるようなことはしてきただろう。女性に対する恐怖心を克服したいと彼だって思っていたはず。私が強引にことを進めてきたようで実は、彼が望むところだったんじゃないだろうか？　そうだとしたら随分な策士だ。

店のドアを開け、いつものように元気に明るく言った。

「おはようございます！　タッパーありがとうございました。上に置いときますね」

そのまま厨房を通り抜けようとしたら小林さんが呼び止めた。

「新しく駐車スペースを契約したから、先に場所案内をする。タイムカードを押したら着替えずに下りてこい」

遠方から来るお客さんが多いから喜ばれるだろうな、と想像したら嬉しくなった。

新しく記入したタイムカードをタイムレコーダーに押しこむ。前回は機械的に聞こえたその音が、今日は『頑張って』と応援してくれたように聞こえた。つまり、何事も私の気の持ちようというわけだ。

階段を下りていき、小林さんと外に出る。見知らぬ家の紫陽花《あじさい》がきれいで見ていると私の視線の先に気づいた彼が言った。

「今日から紫陽花を模《かたど》ったゼリーをのせたムースを販売する予定だ」

「絶対買います！」

「お客様優先」

そんな風に話していると、目当ての駐車スペースについた。他の店と共同で使うタイプのコインパーキングらしく、番号とともに手書きらしいプレートを見つけた。

見覚えのある、角張った字で書かれた『un homme』。

ふいに夏木さんのセリフが蘇《よみがえ》った。

『看板も出さないでケーキを作るような臆病ものがお客様の顔を想像できているのか心配』

その言葉は小林さんにしっかりと届いていた。

「おい、聞いてるか？」

「すみません、聞いてません。もう一回お願いします」

体ごと向き直り、お客さんに渡す駐車場用のメダルの説明を受けた。

当初はダミー用のショップカードを作っていた人が店の名前を出すようになるなんて、もしかしたら女子禁制が解かれる未来はそう遠くないかもしれない。

そんな予感をさせるように、雨上がりのアスファルトとプレートに明るい日差しが降り注いでいた。

un homme 特製レシピ

白いケーキ

材料

直径18cmの丸型1台分

[スポンジ]

卵白 ………… 5個分

砂糖 ………… 80g

薄力粉 ……… 80g

バター ……… 20g

牛乳 ………… 大さじ2

バニラオイル … 少々

[シロップ]

水 …………… 50cc

砂糖 ………… 30g

ブランデー …… 大さじ1

[クリーム]

生クリーム …… 200cc

グラニュー糖 … 15g

いちご ……… 適宜

※作中では卵を使わず、乳清（ホエイパウダー）を使っていますが、入手しにくいため、ここでは作りやすいように卵白を使用したレシピを掲載しました。卵アレルギーの方はご注意ください。

下準備

- 型の内側に薄くサラダ油（分量外）を塗り、敷き紙を貼り付ける。
- バターを電子レンジ、または湯せんで溶かしバターにする。
- オーブンを180℃に予熱する。
- 薄力粉をふるう。

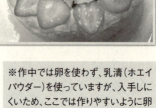

作り方

[スポンジ]

① 卵白を泡立てる。きめこまかく泡立って来たら、砂糖を3回に分けて入れ、つやのあるしっかりとしたメレンゲにする。

② 牛乳とバニラオイルを入れ、少しゆっくり泡立て器を動かし、泡を均等にならす。

③ 薄力粉をふり入れ、手早く混ぜる。

④ 8割がた混ざったらバターを入れ、下に沈むのをすくい上げるように全体を混ぜる。

（③④は手早く。④の終わりでちょうど粉気がなくなるようなイメージ）

⑤ 型に流し入れ、5cmくらいの高さから2度落として空気を抜く。

⑥ オーブンに入れ、30分焼く。

⑦ 焼き上がったら、型ごと逆さまに網に伏せて1分置く。

⑧ 型から抜き、敷き紙をはがして、ぬれふきんに包んで網で冷ます。このとき逆さまにおくと上面が平らになる。

[シロップ]

鍋に水と砂糖を入れて火にかけ、砂糖が溶けたら火をとめる。粗熱が取れたらブランデーを加える。

[クリーム]

ボウルに生クリームとグラニュー糖を入れ、氷水でボウルの底を冷やしながら八分立てに泡立てる。（泡立て器ですくうとクリームが立ち上がり、とろっとおじぎをするくらいまで）

[組み立て]

① 間にはさむいちごを5mmの厚さに切る。飾り用は好みの形に。

② しっかりと冷ましたスポンジを厚さ半分にスライスする。

③ 下半分のスポンジの断面にシロップを刷毛で塗り、クリームを塗る。

④ いちごを載せ、その上にさらにクリームを塗り、上半分のスポンジの断面にシロップを塗って載せる。

⑤ 上面にシロップを塗り、クリームを全体（上面と側面）に塗る。

（全体に薄く塗った段階で一度冷やし、もう一度塗るときれいに仕上がる）

⑥ 残ったクリームを絞り袋に入れ、好みの形に絞り出して、いちごを飾る。

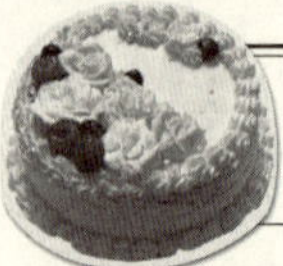

un homme 特製レシピ

バタークリームのケーキ

材料

24cm×24cmの天板一枚分

[スポンジ]

アーモンドパウダー…100g
粉糖……………100g
卵………………2個
卵白……………1個分
グラニュー糖………10g
薄力粉……………20g
※バター…………20g

[バタークリーム]

卵白……………60g
(2個分から量り取る)
グラニュー糖………100g
(90gと10gに分けて使う)
水………………40cc
バター……………160g
バニラオイル………少々

[中にはさむクリーム]

生クリーム…………200cc
ラズベリージャム……50g
(うらごしした状態で)

[中に塗るジャム]

ラズベリージャム……50g
(うらごしした状態で)
レモン汁……………大さじ2

下準備

- 天板に薄くサラダ油(分量外)を塗り、敷き紙を貼り付ける。
- ※のバターを電子レンジ、または湯せんで溶かしバターにする。
- オーブンを180℃に予熱する。
- 薄力粉をふるう。
- ラズベリージャムとレモン汁を混ぜ合わせる。
- バタークリーム用のバターは常温に戻しておく。

Bienvenue à la Pâtisserie! J'aime!

作り方

[スポンジ]

① ボウルにアーモンドパウダーと粉糖を合わせ、泡立て器でざっと混ぜておく。
② 電動ミキサーに持ち替え、卵2個を3～4回に分けていれ、そのつどよく混ぜる。
③ 別のボウルに卵白を泡立て、グラニュー糖を加えてしっかりとしたメレンゲにする。
④ ②のボウルに薄力粉を加え手早く混ぜる。
⑤ 粉気がなくなったら、③のメレンゲをひとすくい加え、むらなくよく混ぜる。
⑥ 残りのメレンゲを2回に分けて入れ、手早く混ぜる。
⑦ 溶かしバターを加え、手早く混ぜる。
⑧ 天板に流しいれ、四隅にまできっちり広げて、オーブンで15分焼く。
⑨ 焼きあがったら、天板ごと網に載せて冷ます。

[バタークリーム]

① 鍋に水とグラニュー糖90gを入れて火にかける。
② 同時にボウルに卵白を入れて泡立てる。グラニュー糖10gを加え、しっかりとしたメレンゲにする。
③ ①を117℃まで煮詰める。沸騰したあと、全面にこまかい泡が立ち、とろみが出てくる状態。焦がさないように注意。鍋肌に薄くついた砂糖液が焦げてくるので、水で塗らした刷毛で落としながら煮詰める。ちょうどよくなったら火からおろす。
④ ②のメレンゲを電動ミキサーで混ぜながら、③のシロップを細くたらし入れ、よく混ぜる。シロップをすべて加えると、つやのあるしっかりとしたメレンゲ(イタリアンメレンゲ)になる。
⑤ ④が常温に冷めるまで電動ミキサーで混ぜ続ける。
⑥ しっかり冷めたら、バターを少しずつ(大きなスプーンで1杯ずつくらい)加え、そのまま電動ミキサーで混ぜ続ける。
⑦ バターをすべて加えたらバニラオイルを加える。好みで香りづけの洋酒を入れてもよい。

[中にはさむクリーム]

① ボウルに生クリームを入れ、氷水でボウルの底を冷やしながら泡立てる。
② 八分立て(泡立て器ですくうとクリームが立ち上がり、とろっとおじぎをするくらい)になったら、ラズベリージャムを加える。

[組み立て]

① スポンジの紙をはがし、紙のあった面を上にして、全面にジャムを塗る。
② スポンジを4cm幅に切る。
③ 生クリームを塗り、クリームの面を内側にして巻く。
④ 巻いたスポンジの外側に生クリームを塗りながら、残りのスポンジを巻きつけていく。
⑤ 巻き終わったスポンジの上面と側面にバタークリームを塗る。(全体に薄く塗った段階で一度冷やし、もう一度塗るときれいに仕上がる)
⑥ 残りのバタークリームを絞り袋に入れ、好みの形に絞り出して飾る。好みでフルーツを飾ってもよい。

取材協力

アカツキコーヒー
LOVES BAGEL
le feve

※この作品はフィクションです。実在の人物・団体・事件などにはいっさい関係ありません。

集英社オレンジ文庫をお買い上げいただき、ありがとうございます。
ご意見・ご感想をお待ちしております。

●あて先
〒101-8050　東京都千代田区一ツ橋2-5-10
集英社オレンジ文庫編集部 気付
杉元晶子先生

週末は隠れ家でケーキを
—女子禁制の洋菓子店—

集英社
オレンジ文庫

2016年10月25日　第1刷発行

著　者　杉元晶子
発行者　北畠輝幸
発行所　株式会社集英社
〒101-8050東京都千代田区一ツ橋2-5-10
電話【編集部】03-3230-6352
【読者係】03-3230-6080
【販売部】03-3230-6393（書店専用）
印刷所　図書印刷株式会社

※定価はカバーに表示してあります

ISBN 978-4-08-680105-8 C0193

集英社オレンジ文庫

瀬王みかる

卯《う》ノ《の》花《はな》さんちのおいしい食卓

しあわせプリンとお別れディナー

身寄りのない月《ユエ》一族の少女がやってきた。
出自に戸惑う少女を元気づけるために
若葉たちが考えたメニューとは…?

―〈卯ノ花さんちのおいしい食卓〉シリーズ既刊・好評発売中―
【電子書籍版も配信中　詳しくはこちら→http://ebooks.shueisha.co.jp/orange/】

①卯《う》ノ《の》花《はな》さんちのおいしい食卓
②お弁当はみんなでいっしょに